Guy de Maupassant
(1850-1893)

Guy de Maupassant nasceu no castelo de Miromesnil, na Normandia, em 1850, e morreu em Paris, em 1893. Leu os clássicos desde cedo e completou sua formação no seminário de Yvetot, de onde, expulso, foi transferido para o liceu de Rouen para diplomar--se em Direito. Na Guerra de 1870, quando da invasão prussiana da Normandia, engajou-se no exército francês, o que lhe sugeriu os temas para inúmeros contos. Encerrado o episódio, empregou-se no Ministério da Educação Pública e aproximou-se de Flaubert, que o orientou e o introduziu no mundo literário. Conviveu com Zola, Daudet e Huysmans e escreveu para diversos jornais. Seus romances, contos e novelas focalizam várias camadas da sociedade francesa, mostrando personagens de estratos sociais populares, como soldados, prostitutas e aldeões. Alguns de seus temas, como a reencarnação e a fantasmagoria, antecipam a literatura fantástica. Como contista, Maupassant serviu de paradigma para o conto do século XX. Suas principais obras são: *Bola de sebo*, 1880; *A pensão Tellier*, 1881; *Mademoiselle Fifi*, 1882; *A herança*, 1884; *O Horla*, 1887.

Livros do autor na Coleção **L&PM** POCKET

Contos do dia e da noite
Contos fantásticos: o Horla e outras histórias

Guy de Maupassant

CONTOS DO DIA E DA NOITE

Tradução de Gustavo de Azambuja Feix

www.lpm.com.br

L&PM POCKET

Coleção **L&PM** POCKET, vol. 1194

Texto de acordo com a nova ortografia.
Título original: *Contes du jour et de la nuit*

Primeira edição na Coleção **L&PM** POCKET: fevereiro de 2016
Esta reimpressão: novembro de 2017

Tradução: Gustavo de Azambuja Feix
Capa: Ivan Pinheiro Machado. *Pintura*: "O império das luzes" (1954), óleo sobre tela de René Magritte (MoMA, Nova York)
Preparação: Patrícia Yurgel
Revisão: L&PM Editores

CIP-Brasil. Catalogação na publicação
Sindicato Nacional dos Editores de Livros, RJ.

M411C

Maupassant, Guy de, 1850-1893
 Contos do dia e da noite / Guy de Maupassant; tradução Gustavo de Azambuja Feix. – 1. ed. – Porto Alegre, RS: L&PM, 2017.
 192 p.; 18 cm. (Coleção L&PM POCKET, v. 1194)

 Tradução de: *Contes du jour et de la nuit*
 ISBN 978-85-254-3190-5

 1. Ficção francesa. I. Feix, Gustavo de Azambuja. II. Título.

14-17770
CDD: 843
CDU: 821.133.1-3

© da tradução, L&PM Editores, 2014

Todos os direitos desta edição reservados a L&PM Editores
Rua Comendador Coruja, 314, loja 9 – Floresta – 90220-180
Porto Alegre – RS – Brasil / Fone: 51.3225.5777 – Fax: 51.3221.5380

Pedidos & Depto. Comercial: vendas@lpm.com.br
Fale conosco: info@lpm.com.br
www.lpm.com.br

Impresso no Brasil
Primavera de 2017

Sumário

O crime do seu Boniface 7
Rose 15
O pai 23
A revelação 36
O colar 44
A felicidade 56
O velho 65
Um covarde 75
O bêbado 86
Uma vendeta 94
Coco 101
A mão 107
O mendicante 116
Um parricídio 123
O pequeno 132
A rocha dos *guillemots* 140
Timbuktu 146
História verídica 156
Adeus 163
Recordação 170
A confissão 179

O crime do seu Boniface

Ao sair do posto dos correios naquele dia, o carteiro Boniface constatou que sua jornada seria menos longa do que a habitual e sentiu uma intensa alegria. Ele era o encarregado da distribuição da zona rural aos arredores do vilarejo de Vireville e, ao anoitecer, quando voltava com seu passo largo e pesado, tinha às vezes percorrido mais de quarenta quilômetros.

Como as entregas seriam feitas rapidamente, ele poderia até perambular um pouco pelo caminho e voltar para casa perto das três horas da tarde. Sorte grande!

Boniface deixou o vilarejo pela estrada que levava a Sennemare e começou a tarefa. Era junho, mês verde e florido, o verdadeiro mês das planícies.

Vestindo uniforme azul e de quepe preto com galão vermelho na cabeça, o homem atravessava por sendas estreitas os campos de colza, de aveia e de trigo, imerso até os ombros nas plantações. E sua cabeça, passando acima das espigas, parecia flutuar sobre um mar calmo e verdejante, que uma brisa leve fazia ondular com brandura.

Costumava entrar nas propriedades pela cerca de madeira cravada nas escarpas, a que duas fileiras de faias davam sombra, e cumprimentava o proprietário pelo nome: "Olá, siô Chicot", estendendo-lhe o jornal *Le Petit Normand*. O lavrador limpava a mão nos fundilhos da calça, apanhava a folha de papel e a colocava no bolso, a fim de lê-la à vontade depois do almoço. Preso a um barril ao pé de uma macieira inclinada, o cão latia com fúria, forçando a corrente que o segurava, enquanto o estafeta, sem se voltar, saía com seu porte militar, apressando a passada das longas pernas, o braço esquerdo sobre a bolsa e o direito conduzindo a bengala que, como ele, marchava de maneira contínua e apressada.

Depois de entregar os jornais e as cartas na região de Sennemare, ele voltou a caminhar pelos campos para levar a correspondência ao coletor de impostos, que morava em uma casinha isolada, a um quilômetro do vilarejo.

Era um novo coletor, sr. Chapatis, que chegara na semana anterior e havia pouco se casara.

Ele recebia um jornal de Paris e, por vezes, quando havia tempo, o carteiro dava uma espiadinha no periódico antes de entregá-lo ao destinatário. Como era o caso agora, Boniface abriu a bolsa, pegou o jornal, retirou-o da tira de papel que o envolvia, desdobrou-o e começou a ler, caminhando. A primeira página não lhe interessava, a política lhe era indiferente, ele sempre passava a parte da economia, mas a seção de *fait divers* o encantava.

Estava fartíssima naquele dia. Boniface ficou tão sensibilizado, ao se deparar com a notícia de um crime cometido no lar de um fiscal de caça, que parou no meio de uma encruzilhada para reler com calma. Os detalhes eram assustadores. Um lenhador, passando de manhã próximo à casa do fiscal na floresta, notara um pouco de sangue na soleira da porta, como se alguém tivesse sangrado pelo nariz. "O fiscal deve ter matado algum coelho esta noite", pensou. Porém, ao se aproximar, percebeu que a porta estava entreaberta e que a fechadura tinha sido forçada.

Então, morrendo de medo, correu até o vilarejo para avisar o administrador da região; este tomou como reforço o guarda-florestal e o professor primário, e os quatro homens voltaram juntos. Encontraram o fiscal de caça degolado diante da lareira, sua esposa estrangulada embaixo da cama e sua filhinha, de seis anos de idade, asfixiada entre dois colchões.

O carteiro Boniface ficou tão tocado ao pensar naqueles assassinatos, cujas terríveis circunstâncias desfilavam em sua cabeça, que sentiu uma fraqueza nas pernas e pronunciou em voz alta:

– Maldição! Como tem gente canalha neste mundo!

Em seguida voltou a prender o jornal com a tira de papel e retomou sua caminhada, sem conseguir apagar da mente a visão do crime. Logo chegou à residência do sr. Chapatis. Abriu o portão do jardinzinho e se aproximou da casa. Era uma construção baixa, de um só andar, coberta por um telhado de mansarda. Ficava a pelo menos quinhentos metros da habitação mais próxima.

O carteiro subiu os dois degraus do alpendre, pôs a mão na maçaneta, tentou abrir a porta e constatou que estava fechada. Então percebeu que as venezianas não haviam sido abertas e que ninguém saíra de casa até aquele momento.

Foi invadido por uma inquietação, já que o sr. Chapatis, desde a sua chegada, se levantava bastante cedo. Boniface puxou o relógio. Ainda não passara das sete e dez da manhã: portanto, estava adiantado cerca de uma hora. Isso não tinha importância: o coletor de impostos deveria estar de pé.

Por essa razão, Boniface contornou a residência, caminhando com cuidado, como se corresse algum perigo. Não notou nada de suspeito, fora umas pegadas de homem num canteiro com pés de morangos.

Porém, de repente, ficou estático, paralisado de angústia, ao passar em frente a uma janela. Gemiam dentro da casa.

Aproximou-se e, saltando uma bordadura de tomilhos, colou o ouvido na persiana para escutar melhor: com certeza estavam gemendo. Ouvia muito bem longos suspiros de dor, uma espécie de arquejo, um barulho de luta. A seguir os gemidos se fizeram mais fortes, mais reiterados, ainda mais altos, até se tornarem gritos.

Naquela altura Boniface, sem duvidar de que um crime ocorria naquele exato momento na casa do coletor, partiu a toda velocidade, voltou a atravessar o jardinzinho, se lançou pela planície, pelas plantações, correndo a perder o fôlego e sacolejando a bolsa que lhe batia na altura dos rins, e chegou extenuado, ofegante, desorientado, à porta do posto da guarda.

O cabo Malautour consertava uma cadeira quebrada usando pregos e um martelo. O guarda Rautier tinha entre suas pernas o móvel danificado e segurava um prego sobre as duas extremidades da rachadura, ao passo que o cabo, mastigando o seu bigode, os olhos enormes e úmidos de atenção, batia ininterruptamente sobre os dedos de seu subordinado.

Tão logo avistou a dupla, o carteiro exclamou:
– Venham depressa, estão assassinando o coletor, depressa, depressa!

Os dois homens interromperam o trabalho e levantaram seus rostos, rostos atônitos de pessoas que foram surpreendidas e incomodadas.

Ao vê-los mais espantados do que apressados, Boniface repetiu:

– Depressa! Depressa! Os ladrões ainda estão dentro da casa, eu ouvi os gritos, logo será tarde demais.

Colocando o martelo no chão, o cabo perguntou:
– Como o senhor soube da ocorrência?

O carteiro respondeu:
– Eu ia entregar o jornal e duas cartas quando percebi que a porta estava fechada e o coletor não havia se levantado. Dei a volta na casa para averiguar e ouvi gemidos como se alguém estivesse sendo estrangulado ou tendo sua garganta cortada, então saí de lá o mais rápido que pude para encontrá-los. Depressa, logo será tarde demais.

O cabo, se endireitando, perguntou:
– E o senhor mesmo não acudiu?

O carteiro, estupefato, respondeu:
– Tinha medo de não estar em número suficiente.

Ao que, convencido, o cabo anunciou:
– É só o tempo de pôr a farda e seguirei o senhor.

E entrou no posto da guarda acompanhado por seu soldado, que voltava a levar a cadeira para dentro.

Ambos reapareceram quase de imediato, e os três se puseram a caminho, com passadas constantes, rumo ao local do crime.

Ao chegarem perto da residência, diminuíram o passo por precaução, e o cabo sacou seu revólver. Em seguida penetraram com toda suavidade no jardim e se aproximaram da parede. Nenhum novo vestígio indicava que os bandidos tivessem fugido. A porta continuava fechada, assim como as janelas.

– Pegamos eles – murmurou o cabo.

Seu Boniface, palpitando de agitação, fez com que virasse para o lado e lhe indicou uma persiana:

– Foi ali – disse.

O cabo avançou sozinho e colou seu ouvido na madeira. Os demais aguardavam, prontos para tudo e com os olhos pregados nele, que permaneceu por muito tempo imóvel, escutando. Para aproximar melhor sua face da veneziana de madeira, retirara seu tricórnio e o segurava com a mão direita.

O que estaria ouvindo? Seu rosto impassível nada revelava, mas de repente seu bigode se enrolou, suas bochechas se franziram como para um riso silencioso e, saltando outra vez a fileira de buxeiros, ele retornou para onde estavam os dois homens, que o olhavam com estupor.

A seguir fez um sinal para que o acompanhassem na ponta dos pés e, voltando para a entrada, ordenou que Boniface jogasse por baixo da porta o jornal e as cartas.

Ainda que desconcertado, o carteiro obedeceu de modo dócil.

– E, agora, circulando – disse o cabo.

Porém, uma vez ultrapassada a cerca, se virou para o estafeta e, com um ar trocista, os lábios galhofeiros, os olhos arregalados e fulgurantes de alegria, indagou:

– Mas o senhor é um espertinho, hein?!

O velho perguntou:

– Por quê? Eu ouvi, juro que ouvi.

Só que o cabo, não aguentando mais, explodiu de rir. Ria como se estivesse sufocando, as duas mãos sobre a barriga, todo curvado, os olhos marejados de lágrimas, com trejeitos assustadores em volta do nariz. E os outros, assombrados, o fitavam.

Porém, como não podia falar, nem parar de rir, nem dar a entender o que tinha, fez um gesto, um gesto popular e obsceno.

Como ainda não fosse compreendido, ele o repetiu várias vezes seguidas, apontando com um movimento de cabeça a casa perpetuamente fechada.

E seu soldado, entendendo por sua vez e de súbito, explodiu em uma formidável gargalhada.

O velho permaneceu petrificado entre aqueles dois homens que se contorciam.

Por fim o cabo recobrou a calma e, dando na barriga do velho um grande tapa de homem brincalhão, exclamou:

– Ah, seu trapaceiro, seu grande trapaceiro, eu o prenderei pelo crime do seu Boniface!

De olhos arregalados, o carteiro repetiu:

– Juro que ouvi!

O cabo recomeçou a gargalhar. Seu subordinado sentara-se sobre um declive da grama para se contorcer à vontade.

– Ah, quer dizer que você ouviu? E sua mulher? É assim que você a assassina, hein, velho trapaceiro?

– Minha mulher?...

E se pôs a refletir demoradamente, antes de responder:

– Minha mulher... Sim, abre o berreiro quando leva uma sova... Ora, aquilo sim é que é abrir o berreiro. Quer dizer que o sr. Chapatis estava batendo na dele?

Então, em um delírio de alegria, o cabo o segurou pelos ombros, fez com que girasse como uma boneca e sussurrou em seu ouvido algo que deixou o outro paralisado de espanto.

Em seguida o velho, pensativo, murmurou:

– Não... desse jeito... desse jeito não... não assim... Ela não diz nada, a minha... Eu nunca teria imaginado... possível... a gente juraria que era uma santa...

E confuso, desorientado, vexado, retomou seu caminho pelos campos, enquanto o guarda e o cabo, rindo sempre e lhe gritando de longe piadinhas licenciosas de caserna, olhavam se distanciar o quepe preto sobre o sereno mar das plantações.

Rose

As duas moças parecem soterradas por um manto de flores. Estão sozinhas no imenso landau repleto de buquês como um arranjo gigante. Sobre a banqueta da frente, dois cestinhos de cetim branco estão lotados de violetas de Nice e, acima da pele de urso que cobre os joelhos, uma pilha de rosas, mimosas, goivos, margaridas, angélicas e flores de laranjeira, amarrados com fitinhas de seda, parece esmagar os dois corpos delicados, não deixando emergir daquele leito resplandecente e perfumado senão os ombros, os braços e uma parte dos corpetes, um azul, outro lilás.

O chicote do cocheiro traz uma empunhadura de anêmonas, as rédeas dos cavalos estão forradas com alelis, os aros das rodas revestidos com resedas. E no lugar das lanternas dois buquês redondos, enormes, parecem dois estranhos olhos daquele animal itinerante e florido.

O landau percorre a trote largo seu destino, a Rue d'Antibes, precedido, seguido, acompanhado por uma porção de outras carruagens ornadas de flores, repletas de mulheres que desaparecem por baixo de uma onda de violetas, pois é a Festa das Flores de Cannes.

Chegam ao Boulevard de la Foncière, o campo de batalha. Por toda a extensão da imensa avenida, uma fila dupla de diligências ornamentadas de guirlandas vai e vem como uma fita sem fim. De uma carruagem a outra, atiram flores, que atravessam o ar como balas, vão atingir os rostos cheios de frescor, rodopiam e caem no chão poeirento, onde um batalhão de meninos as recolhe.

Confinada às calçadas, ruidosa e tranquila, uma multidão observa, vigiada por guardas a cavalo, que passam com brutalidade e repelem os curiosos a pé como para impedir os plebeus de se misturarem aos ricos.

Nas carruagens as pessoas se chamam, se reconhecem, se metralham com rosas. Uma biga, repleta de lindas mulheres vestidas diabolicamente de vermelho, atrai e enfeitiça os olhos. Um senhor que se assemelha aos retratos de Henrique IV lança com ardorosa alegria um enorme buquê preso por um elástico. Diante da ameaça da colisão, as mulheres cobrem os olhos e os homens baixam a cabeça, mas o gracioso projétil, rápido e obediente, descreve uma curva e retorna ao seu dono, que logo o arremessa contra um novo rosto.

Com as mãos cheias, as duas moças esvaziam seu arsenal e recebem uma saraivada de buquês. Depois, decorrida uma hora de batalha, um pouco cansadas enfim, ordenam o cocheiro a seguir pela estrada do Golfe-Juan, que costeia o mar.

O sol desaparece por trás da Esterel, desenhando de preto, sobre um ocaso candente, o contorno pontiagudo da alta montanha. O mar calmo se estende azul e claro até o horizonte, onde se funde com o céu, e a esquadra, ancorada no meio do golfo, parece uma manada de animais monstruosos, imóveis sobre a água, animais apocalípticos, couraçados e corcundas, cobertos por mastros frágeis como plumas e com olhos que se acendem quando chega a noite.

As moças, estendidas sob a pesada pele de urso, observam languidamente. Uma delas diz enfim:

– Há fins de tarde que são deliciosos, onde tudo parece bom, não é mesmo, Margot?

A outra respondeu:

– Sim, verdade, mas sempre falta algo.

– Ora, e o que seria? Eu sinto uma felicidade completa e não preciso de nada.

– Precisa, sim. Você não pensa nessas coisas. Seja qual for o bem-estar que entorpeça nosso corpo, desejamos sempre algo mais... para o coração.

E a outra, sorrindo:

– Um pouco de amor?

– Sim.

Calaram-se, olhando para frente. Em seguida a que se chamava Marguerite murmurou:

– A vida não me parece suportável sem isso. Preciso ser amada, nem que seja por um cachorro. Aliás, somos todas assim; pode falar o que quiser, Simone.

– Não, não, minha querida, prefiro não ser amada a ser amada por qualquer um. Você acha, por exemplo, que seria agradável para mim ser amada por... por...

Imaginava por quem poderia ser amada, percorrendo com o olhar a vasta paisagem. Seus olhos, depois de sondarem o horizonte, se depararam com os dois botões de metal que luziam nas costas do cocheiro, e ela prosseguiu, rindo:

– Por meu cocheiro?

A sra. Margot esboçou um sorriso ligeiro e respondeu em voz baixa:

– Garanto para você que é muito divertido ser amada por um empregado. Já vivi essa situação duas ou três vezes. Eles viram os olhos de modo tão engraçado que é de morrer de rir. Naturalmente, agimos com mais severidade quanto mais apaixonados eles estão, depois os colocamos no olho da rua, certo dia, sob o primeiro pretexto que aparecer, porque nos tornaríamos ridículas se alguém percebesse.

A sra. Simone, que ouvia com o olhar fixo à frente, declarou:

– Não, definitivamente o coração de meu criado não me pareceria suficiente. Bom, mas me conte como percebia que eles a amavam.

– Assim como com os outros homens: quando se tornavam tolos.

– Os homens não me parecem tão bobos quando estão me amando.

– Tontos, minha cara, incapazes de conversar, de responder, de compreender qualquer coisa.

– Mas o que você sentia ao ser amada por um empregado? Ficava o quê?... arrebatada?... lisonjeada?

– Arrebatada? Não. Lisonjeada? Sim, um pouco. Sempre ficamos lisonjeadas com o amor de um homem, seja ele quem for.

– Ora, Margot!

– É verdade, minha querida. Olhe, vou lhe contar uma singular aventura que aconteceu comigo. Verá como é curioso e confuso o que se passa dentro de nós em casos como esses.

Vai completar quatro anos no outono. Eu estava sem camareira, havia tentado cinco ou seis seguidas, que se mostraram ineptas, e quase tinha perdido as esperanças de encontrar uma quando li, nos classificados de um jornal, que uma moça que sabia costurar, bordar, pentear, procurava emprego e fornecia as melhores referências. Além disso tudo, falava inglês.

Escrevi ao endereço indicado, e no dia seguinte a pessoa em questão se apresentou. Era bastante alta, esbelta, um pouco pálida, com o ar muito tímido. Tinha lindos olhos negros, uma tez encantadora e me agradou no mesmo instante. Pedi a ela suas cartas de recomendação: entregou uma em inglês porque saía, como alegava, da casa de Lady Rymwell, onde trabalhara por dez anos.

O documento atestava que a moça se retirara por livre e espontânea vontade para regressar à França e que, durante o longo tempo de serviço, nada havia para lhe repreender senão um pouco de *coqueteria francesa*.

O estilo recatado da frase em inglês me fez até sorrir um pouco e, sem pestanejar, garanti aquela camareira. Ela se mudou para minha casa no mesmo dia. Chamava-se Rose.

Ao fim de um mês eu a adorava.

Era um achado, uma pérola, um fenômeno. Sabia pentear com bom gosto infinito, costurava as rendas de um chapéu melhor do que as melhores modistas e sabia até fazer vestidos.

Eu estava boquiaberta com suas capacidades. Nunca tinha sido servida dessa maneira.

Ela me vestia rapidamente, com uma leveza de mãos impressionante. Em momento algum sentia seus dedos sobre minha pele e nada é mais desagradável para mim do que o contato de uma mão de empregada. Logo criei excessivos hábitos de preguiça, a tal ponto gostava de me deixar vestir, da cabeça aos pés e da camisola às luvas, por essa moça alta e tímida, sempre um pouco corada e que jamais falava. Ao sair do banho, ela me esfregava e me massageava enquanto eu cochilava um pouco sobre o divã. Juro que a considerava uma amiga de condição inferior, mais do que uma simples criada.

Ora, certa manhã, de maneira enigmática, meu porteiro pediu para falar comigo. Fiquei surpresa e mandei que o chamassem. Era um homem muito correto, um velho soldado, antigo ordenança de meu marido.

Parecia incomodado com o que tinha a dizer. Por fim, pronunciou gaguejando:

– Senhora, está aí embaixo o comissário de polícia do bairro.

Perguntei bruscamente:

– O que ele quer?

– Quer fazer uma busca na casa.

Sem dúvida a polícia tem utilidade, mas eu a detesto. Não me parece um trabalho nobre. Respondi, irritada e ofendida:

– Por que essa busca? Com que motivo? Ele não vai entrar.

O porteiro disse:

– Ele alega que há um bandido escondido.

Dessa vez tive medo e ordenei que me trouxessem o comissário de polícia para ter explicações. Era um homem bastante educado, condecorado com a Legião de Honra. Desculpou-se, pediu perdão pelo inconveniente e depois me afirmou que eu tinha, entre meus empregados, um condenado a trabalhos forçados!

Fiquei revoltada. Respondi que me responsabilizava por todos os criados e os passei em revista.

– O porteiro, Pierre Courtin, antigo soldado.

– Não é ele.

– O cocheiro François Pingau, camponês da Champagne, filho de um feitor de meu pai.

– Não é ele.

– Um palafreneiro, igualmente adquirido na Champagne e também filho de camponeses que eu conheço, mais um criado que o senhor acaba de ver.

– Não é ele.

– Então, senhor, percebe que cometeu um engano.

– Perdão, senhora, mas tenho certeza de que não estou enganado. Como se trata de um bandido perigoso, queira ter a bondade de mandar comparecer aqui, diante da senhora e de mim, todo o seu pessoal.

Resisti a princípio. Em seguida, cedi e mandei subir todos os empregados, homens e mulheres.

O comissário de polícia os examinou com um só olhar e logo declarou:

– Isso não é tudo.

– Perdão, senhor, agora só sobrou minha camareira, uma moça que o senhor não pode confundir com um condenado.

Perguntou:

– Posso vê-la também?

– Sem problema.

Chamei Rose, que não tardou a aparecer. Assim que entrou, o comissário fez um sinal e dois homens que eu não tinha visto, escondidos atrás da porta, se jogaram sobre ela, seguraram suas mãos e as amarraram com cordas.

Soltei um grito de fúria e fui tentar defendê-la. O comissário me deteve:

– Essa moça, senhora, é um homem que se chama Jean-Nicolas Lecapet, condenado à morte em 1879 por estupro seguido de assassinato. Sua pena foi comutada para prisão perpétua. Ele fugiu há quatro meses e o procurávamos desde então.

Eu estava desnorteada, prostrada. Não podia acreditar. O comissário prosseguiu, sorrindo:

– Só posso lhe dar uma prova. Ele tem uma tatuagem no braço direito.

A manga foi levantada. Era verdade. O policial acrescentou com certa má vontade:

– Confie em nós nas próximas averiguações.

E levaram minha camareira.

– Pois bem, você acredita que o que predominava em mim não era a cólera de ter sido manipulada dessa maneira, enganada e ridicularizada; tampouco era a vergonha de ter sido vestida, despida, apalpada e tocada por aquele homem... mas uma... profunda humilhação... humilhação feminina. Entende?

– Não, não exatamente...

– Veja... Pense bem... Ele tinha sido condenado... aquele rapaz... por estupro... Pois então! Eu pensava... naquela que tinha sido violentada... e isso... isso me humilhava... Aí está... Você entende agora?

No entanto, a sra. Simone não respondeu. Com um olhar fixo e singular, focava diretamente à sua frente os botões reluzentes da libré do cocheiro, com esse sorriso de esfinge que por vezes percorre os lábios das mulheres.

O pai

Como morava em Batignolles e era funcionário do Ministério de Instrução Pública, pegava o ônibus toda manhã para ir à repartição. E toda manhã viajava até o centro de Paris de frente para uma moça por quem se apaixonou.

Ela ia à sua loja de departamentos todos os dias no mesmo horário. Era uma moreninha, dessas morenas cujos olhos são tão negros que parecem manchas e cuja tez apresenta reflexos de mármore. Ele a via aparecer sempre na esquina da mesma rua, e ela começava a correr para tomar o pesado veículo. Corria com um jeitinho apressado, leve e gracioso, saltava sobre o estribo antes que os cavalos estivessem completamente parados. Depois penetrava no interior um pouco ofegante e, uma vez sentada, lançava um olhar ao seu redor.

A primeira vez que a viu, François Tessier sentiu que aquele rosto o agradava infinitamente. Por vezes a gente encontra dessas mulheres que temos vontade de apertar perdidamente em nossos braços, no mesmo instante, sem conhecê-las. Aquela moça correspondia a seus desejos íntimos, a suas esperanças secretas, a essa espécie de ideal de amor que cada um guarda, sem saber, no fundo do coração.

Ele a fitava de modo obstinado, mesmo sem querer. Incomodada com essa contemplação, ela corou. Ele percebeu e quis desviar o olhar, mas a todo momento voltava a lançá-lo para ela, embora se esforçasse para fixá-lo em outro ponto.

Ao fim de alguns dias, se conheceram sem ter trocado uma palavra. Quando o veículo estava lotado, ele cedia seu lugar e se dirigia para a parte superior, embora isso o consternasse. Ela o cumprimentava agora com um sorrisinho e, ainda que continuasse baixando os olhos diante de seu olhar – que pressentia muito penetrante –, não parecia mais ofendida por ser contemplada daquela maneira.

Acabaram conversando. Uma espécie de intimidade rápida se estabeleceu entre os dois, uma intimidade de uma meia hora por dia. E para ele estava aí, com certeza, a mais encantadora meia hora de sua vida. Pensava nela todo o resto do tempo, a vislumbrava a cada instante durante as longas sessões da repartição, perseguido, possuído, invadido por essa visão flutuante e tenaz que o rosto da mulher amada deixa na gente. Parecia-lhe que possuir aquela moça por inteiro seria para ele uma felicidade extraordinária, quase acima das realizações humanas.

Agora a cada manhã ela lhe dava um aperto de mão, e até a noite ele guardava a sensação desse contato, a lembrança em sua carne da fraca pressão daqueles dedinhos: tinha a impressão de que conservava a marca daquele toque sobre sua pele.

Esperava com ansiedade durante o resto do tempo essa curta viagem de ônibus. E os domingos lhe pareciam detestáveis.

Provavelmente também ela o amava, já que em um sábado de primavera aceitou o convite para almoçar em sua companhia no dia seguinte, na comunidade de Maisons-Laffitte.

Ela fora a primeira a chegar à plataforma de trem. Ele ficou surpreso, mas ela lhe disse:
— Antes de partirmos, tenho que falar com o senhor. Temos vinte minutos: é mais do que suficiente.

Tremia, apoiada a seu braço, os olhos baixos e as faces pálidas. Prosseguiu:
— O senhor não deve se enganar a meu respeito. Sou uma moça decente e só irei com o senhor se me prometer, se jurar não fazer nada... absolutamente nada... que seja... que não seja... correto...

De repente ela ficara mais vermelha do que um pimentão. Calou-se. Ele não sabia o que responder, feliz e desapontado ao mesmo tempo. No fundo do coração, talvez preferisse que fosse assim; mas... mas se deixara acalentar, aquela noite, por sonhos que incendiaram suas veias. Sem dúvida a amaria menos se descobrisse que tinha conduta leviana, porém nesse caso seria tão encantador, tão delicioso para ele! E todos os planos egoístas dos homens em matéria de amor lhe agitavam a alma.

Como ele nada dissesse, ela recomeçou a falar com uma voz emocionada, com lágrimas no canto dos olhos:
— Se o senhor não prometer que vai me respeitar totalmente, volto para casa.

Ele segurou o braço dela com ternura e respondeu:
— Prometo. A senhorita não fará nada que não quiser.

Ela pareceu aliviada e perguntou, sorrindo:

– De verdade?

Ele a fitou no fundo dos olhos:

– Eu juro!

– Vamos comprar as passagens – disse ela.

Como o vagão estava lotado, não puderam falar durante a viagem.

Ao chegarem a Maisons-Laffitte, dirigiram-se para o Sena.

O ar morno enlanguescia pele e alma. O sol caía em cheio sobre o rio, sobre as folhas e a relva, lançando mil reflexos de alegria nos corpos e nas mentes. Seguiam de mãos dadas ao longo da margem, olhando os peixinhos que nadavam próximos à superfície, em cardumes. Seguiam, inundados de contentamento, como arrebatados da terra por uma felicidade desvairada.

Ela disse por fim:

– O senhor deve achar que sou louca.

Ele perguntou:

– E por que acharia?

Ela respondeu:

– Não é uma loucura vir assim sozinha com o senhor?

– Ora, não! É algo muito natural.

– Não! Não é natural, não para mim, porque não quero cometer nenhuma bobagem... só que é exatamente assim que a gente comete bobagem. Mas se o senhor soubesse! É tão triste, todos os dias a mesma coisa, todos os dias do mês e todos os meses do ano. Vivo sozinha com mamãe e, como passou por muitos desgostos, ela não é uma pessoa alegre. Já eu, faço o que posso. Tento rir apesar de tudo, mas nem sempre consigo. Não importa, não está certo ter vindo. O senhor não vai nem ao menos me censurar?

Para responder, ele a beijou vivamente na orelha. Porém, ela se afastou com um movimento brusco e, ofendida, disse de repente:

– Oh, sr. François! O senhor tinha prometido.

E os dois retomaram o caminho rumo a Maisons-Laffitte.

Almoçaram no Petit-Havre, uma casa baixa, escondida sob quatro choupos enormes, à beira d'água.

O ar livre, o calor, o vinhozinho branco e o embaraço de se sentirem um perto do outro os deixava corados, oprimidos e silenciosos.

No entanto, depois do café, uma súbita felicidade os invadiu e, tendo atravessado o Sena, voltaram a seguir ao longo da margem, em direção ao vilarejo de La Frette.

Inesperadamente, ele perguntou:

– Como a senhorita se chama?

– Louise.

Ele repetiu "Louise" e nada mais disse.

Descrevendo uma curva acentuada, o rio ia banhar ao longe uma fileira de casas brancas que se miravam na água, cabisbaixas. A moça colhia margaridas, fazia um grande buquê campestre, enquanto ele cantava a plenos pulmões, inebriado como um cavalo jovem que acabasse de ser solto no pasto.

À esquerda, uma colina com videiras ladeava o rio. Porém, de repente, François se deteve e, paralisado de espanto, exclamou:

– Oh, veja!

As videiras haviam acabado e agora toda a encosta estava coberta de lilases. Era um bosque violeta, uma espécie de tapete gigante estendido sobre o chão e que ia até o vilarejo, lá, a dois ou três quilômetros.

Também ela ficou surpresa, tocada. Murmurou:

– Oh, como é lindo!

E atravessando um campo eles foram correndo para aquela estranha colina, que a cada ano fornece todos os lilases carregados, por toda Paris, pelas pequenas carroças dos mercadores ambulantes.

Uma senda estreita se perdia sob os arbustos. Os dois a tomaram e, tendo encontrado uma pequena clareira, sentaram.

Legiões de moscas zuniam acima de suas cabeças, lançavam no ar um zum-zum-zum suave e contínuo. E o sol, o grande sol de um dia sem brisa, se lançava sobre a extensa colina desabrochada, arrancava desse bosque de buquês um aroma poderoso, uma imensa exalação de perfumes, esse suor de flores.

Um sino de igreja badalava ao longe.

E, com toda a delicadeza, os dois se beijaram, em seguida se abraçaram, estendidos na relva, sem pensar em nada além do beijo. Ela fechara os olhos e o enlaçava com força, apertando-o perdidamente, sem outro pensamento e já sem juízo, extasiada da cabeça aos pés por uma expectativa apaixonada. E se deu de corpo e alma sem entender o que fazia, sem nem sequer compreender que se entregara a ele.

Voltou a si no pânico das grandes desgraças e começou a chorar, gemendo de dor, o rosto escondido atrás das mãos.

Ele tentava consolá-la, mas ela quis voltar, retornar, regressar no mesmo instante. Repetia sem parar, caminhando a passos largos:

– Ah, meu Deus! Ah, meu Deus!

Ele lhe dizia:

– Louise! Louise! Vamos ficar, por favor.

Ela tinha agora as maçãs do rosto ruborizadas e os olhos sem expressão. Assim que chegaram à estação de trem de Paris, ela o deixou sem nem mesmo se despedir.

Quando ele a encontrou no dia seguinte, dentro do ônibus, teve a impressão de que estava mudada, mais magra. Disse ela:

– Preciso falar com o senhor. Vamos descer no bulevar.

Tão logo ficaram sozinhos na calçada, ela falou:

– É hora de dizermos adeus. Não posso revê-lo depois do que aconteceu.

Ele balbuciou:

– Mas por quê?

– Porque não posso. Foi culpa minha. Não será mais.

Neste ponto ele implorou, suplicou, torturado por desejos, atormentado pela necessidade de possuí-la inteira, no abandono absoluto das noites de amor.

Ela respondia com obstinação:

– Não, eu não posso. Não, eu não posso.

No entanto ele se entusiasmava, se excitava mais. Prometeu desposá-la. Ela disse outra vez:

– Não.

E o deixou.

Durante oito dias, não a viu. Não pôde reencontrá-la e, como não soubesse onde morava, imaginava que a havia perdido para sempre.

Na noite do nono, tocaram a campainha. Ele foi abrir. Era ela, que se atirou em seus braços e não resistiu mais.

Ao longo de três meses, foi sua dama. Ele começava a se cansar dela, quando ela lhe informou que estava grávida. Então, só se passou uma ideia em sua cabeça: romper a qualquer preço.

Como não podia fazer isso, não sabendo como agir, não sabendo o que dizer, mortificado de angústias, com medo daquela criança que crescia, tomou uma atitude drástica. Mudou-se, certa noite, e desapareceu.

O golpe foi tão baixo que a moça não procurou aquele que a abandonara dessa maneira. Lançou-se aos pés da mãe confessando sua desgraça e, alguns meses mais tarde, deu à luz um menino.

Passaram-se anos. François Tessier envelhecia sem que ocorresse mudança alguma em sua vida. Levava a existência monótona e tediosa dos burocratas, sem esperanças nem expectativas. Dia após dia se levantava na mesma hora, seguia as mesmas ruas, passava pela mesma porta diante do mesmo zelador, entrava na mesma repartição, sentava no mesmo lugar e cumpria a mesma tarefa. Vivia sozinho no mundo, sozinho de dia, no meio de seus colegas indiferentes, sozinho de noite, em seu domicílio de solteiro. Poupava cem francos por mês para a velhice.

Todos os domingos, dava uma volta na Champs--Élysées, a fim de ver a sociedade requintada desfilar, as carruagens e as belas mulheres.

No dia seguinte, dizia a seu irmão de miséria:

– O retorno das carruagens do Bois de Boulogne estava muito resplandecente ontem.

Ora, um domingo, por acaso, após percorrer novas ruas, entrou no Parc Monceau. Fazia uma clara manhã de verão.

As babás e as mamães, sentadas ao longo das aleias, observavam as crianças brincar diante delas.

Porém, num repente, François Tessier sentiu um calafrio. Uma mulher passava, levando pela mão duas crianças: um meninote de cerca de dez e uma menininha de quatro anos. Era ela.

Ele deu ainda uma centena de passos, em seguida desabou sobre um banco, sufocado pela emoção. Ela não o reconhecera. Por isso ele voltou, procurando vê-la outra vez. Ela estava sentada, agora. O menino continuava a seu lado, muito comportado, ao passo que a menina fazia montinhos de terra. Era ela, exatamente ela. Vestia-se com simplicidade, tinha um severo ar de dama e um semblante seguro e digno.

Ele a observava de longe, não ousando se aproximar. O meninote levantou a cabeça. François Tessier sentiu um estremecimento. Era provavelmente seu filho. E o analisou e acreditou reconhecer a si mesmo tal como aparecia em uma fotografia tirada nos tempos idos.

E continuou escondido atrás de uma árvore, esperando que ela fosse embora para segui-la.

Não conseguiu dormir na noite seguinte. Acima de tudo a ideia da criança o obstinava. Seu filho! Oh! Se na ocasião pudesse saber, ter certeza... Mas o que teria feito?

Vira a casa dela, buscou informações. Descobriu que fora desposada por um vizinho, um homem honrado de costumes severos, sensibilizado por seu infortúnio. Tal homem, sabendo de seu delito e o perdoando, chegara até a reconhecer o filho, o filho dele, François Tessier.

Ele voltou ao Parc Monceau domingo após domingo. Em cada oportunidade, ele a observava e todas as vezes era invadido por uma vontade doida, irresistível, de pegar seu filho nos braços, de cobri-lo de beijos, de levá-lo, de roubá-lo.

Sofria terrivelmente em seu miserável isolamento de velho solteiro sem afeições; sofria uma tortura atroz, dilacerado por uma ternura paternal composta de remorso, inveja, ciúme e da necessidade de amar seus filhotes que a natureza incutiu nas entranhas dos seres.

Quis por fim fazer uma tentativa desesperada e, aproximando-se dela certo dia em que ela entrava no parque, lhe disse, plantado no meio do caminho, lívido, os lábios trêmulos:

– A senhora não me reconhece?

Ela levantou os olhos, o fitou, soltou um grito de assombro, de pavor e, pegando pelas mãos os dois filhos, fugiu, arrastando-os atrás de si.

Ele voltou a sua casa para chorar.

Outros meses se passaram. Ele não a encontrava mais. Porém, sofria dia e noite, corroído, devorado por sua ternura de pai.

Para beijar o filho, entregaria a vida, mataria, realizaria todas as façanhas, desafiaria todos os perigos, tentaria todas as loucuras.

Escreveu a ela. Não teve resposta. Depois de vinte cartas, entendeu que não poderia alimentar esperanças de comovê-la. Foi quando tomou uma resolução desesperada, que poderia custar uma bala de revólver no próprio coração: endereçou ao marido dela um bilhete de algumas palavras.

> *Senhor,*
> *Meu nome deve lhe causar repulsão. Mas sou tão infeliz, tão torturado pela aflição, que deposito minhas últimas esperanças no senhor.*
> *Venho apenas pedir uma conversa de dez minutos.*
> *Tenho a honra de etc.*

No dia seguinte, recebeu a resposta:

> *Senhor,*
> *Eu o aguardo terça-feira, às cinco da tarde.*

Ao subir a escadaria, François Tessier parava de degrau em degrau, a tal ponto seu coração palpitava. Havia em seu peito um ruído precipitado, como um galope animal, um ruído surdo e violento. E só conseguia respirar com esforço, segurando o corrimão para não cair.

No terceiro andar, tocou a campainha. Uma empregada veio abrir. Ele perguntou:

– O sr. Flamel?

– Aqui mesmo, senhor. Entre.

E ele penetrou por uma sala de estar de estilo burguês. Estava sozinho. Esperou angustiado, como no meio de uma catástrofe.

Uma porta se abriu. Apareceu um homem. Era alto, sério, um pouco gordo, de sobrecasaca preta. Apontou uma cadeira com a mão.

François Tessier sentou-se. Em seguida, com uma voz ofegante:

– Senhor... senhor... não sei se me conhece... se sabe...

O sr. Flamel o interrompeu:

– Isso é desnecessário, senhor. Eu sei: minha esposa me falou do senhor.

Tinha o tom digno de um homem bom que pretende se mostrar severo, e uma burguesia majestosa de homem honesto. François Tessier recomeçou:

– Pois bem, senhor, é isso. Morro de desgosto, de remorso, de vergonha. E queria uma vez, uma única vez, beijar... a criança...

O sr. Flamel se levantou, se aproximou da lareira, tocou a sineta. Surgiu a empregada. Ele lhe disse:

– Vá buscar Louis.

Ela saiu. Os dois homens ficaram frente a frente, mudos, nada mais tendo a dizer, aguardando.

E de repente um meninote de dez anos se precipitou pela sala de estar e correu para quem acreditava ser seu pai. No entanto, parou, confuso, ao perceber um estranho.

O sr. Flamel deu um beijo em sua testa, depois lhe disse:

– Agora, dê um beijo no senhor, meu querido.

E a criança se dirigiu comportadamente, olhando para o desconhecido.

François Tessier havia se levantado. Deixou cair o chapéu, prestes ele mesmo a desmoronar. E contemplava seu filho.

O sr. Flamel, por delicadeza, virara a cabeça e olhava a rua pela janela.

A criança aguardava, muito surpresa. Apanhou o chapéu do chão e o entregou ao desconhecido. Ao que François, pegando o pequeno nos braços, começou a beijá-lo loucamente por todo o rosto, pelos olhos, bochechas, boca, cabelos.

O menino, assustado com semelhante saraivada de beijos, tentava evitá-los, desviava o rosto, afastava com as mãozinhas os gulosos lábios daquele homem.

Contudo François Tessier, de modo brusco, voltou a colocá-lo no chão e exclamou:

– Adeus! Adeus!

E fugiu como um ladrão.

A REVELAÇÃO

Os raios de sol do meio-dia caem como gotas de temporal sobre os campos, que se derramam, ondulosos, entre os pequenos bosques das propriedades rurais. E as diferentes plantações, os centeios maduros e os trigos dourados, as aveias de um verde-claro, os trevos de um verde-escuro, reslumbram um grande manto listrado, remexido e suave sobre o ventre despido da terra.

Lá, no cume de uma ondulação, em fila como soldados e piscando seus olhos redondos sob a ardente claridade, uma interminável linha de vacas, umas deitadas, outras de pé, ruminam e pastam uma extensão de trevo tão vasta quanto um lago.

E duas mulheres, mãe e filha, seguem uma atrás da outra, se balançando por uma estreita senda aberta entre as colheitas em direção a esse regimento de animais. Cada uma leva dois baldes de zinco afastados do corpo por um aro de barril; e o metal, a cada passo dado por elas, lança uma faísca reluzente e branca sob o sol que o açoita.

As mulheres não falam. Vão ordenhar as vacas. Chegam, colocam no chão um dos baldes e se aproximam dos dois primeiros mamíferos, que elas fazem se levantar com um tapa no lombo. Os animais se erguem lentamente, a começar pelas pernas da frente, depois levantam com mais dificuldade as grandes ancas, que parecem sobrecarregadas pelas enormes tetas caídas de pele clara.

E as duas Malivoire, mãe e filha, de joelhos sob a barriga da vaca, puxam por um rápido movimento de mãos as tetas inchadas, que lançam no balde, a cada pressão, um fino fio de leite. A espuma ligeiramente amarelada sobe até a borda e as mulheres vão de vaca em vaca até o final da longa fila.

Tão logo acabam de ordenhar uma, elas trocam o animal de lugar, lhe dando para pastar um pedaço de verdura intacta.

Em seguida saem, mais devagar, sobrecarregadas pelo peso do leite, a mãe à frente, a filha atrás.

Porém, esta para de modo brusco, põe no chão o seu fardo, senta e começa a chorar.

Não ouvindo mais a filha caminhar, a mãe Malivoire se vira e fica estupefata.

– Que que ocê tem?

E a filha, Céleste, uma grande ruiva de cabelos fogueados, de faces fogueadas, manchadas de sarda como se gotas de fogo tivessem caído sobre seu rosto em um dia em que penava ao sol, murmurou choramingando com brandura, como fazem as crianças vencidas:

– Posso mais carregá meu leite!

A mãe a observava com um olhar suspeito. Ela repetiu:

– Que que ocê tem?

Céleste respondeu, inerte no chão entre seus dois baldes e tapando os olhos com o avental:

– Cansa muito. Posso mais.

A mãe, pela terceira vez, repetiu:

– Que que ocê tem?

E a filha gemeu:

– Acho que tô grávida.

E soluçou.

Foi a vez de a velha colocar seu fardo no chão, a tal ponto desconcertada que não percebia nada. Enfim, balbuciou:

– Tá... tá... grávida, ordinária? E isso lá é possível?

Os Malivoire eram ricos feitores, pessoas abastadas, ajuizadas, respeitadas, astutas e poderosas.

Céleste gaguejou:

– Tô mesmo achando.

Espantada, a mãe contemplava a filha abatida e chorosa à sua frente. Ao fim de alguns segundos, gritou:

– Tá grávida?! Tá grávida?! E donde é que ocê pegou isso, cadela?

E Céleste, muito agitada pela emoção, murmurou:

– Tô achando que foi na carruage do Polyte.

A velha tentava entender, tentava adivinhar, tentava saber quem pudera causar essa desgraça a sua filha. Se fosse um rapaz bem rico e bem-visto, daria um jeito de arranjar a situação. Dos males seria o menor: Céleste não era a primeira moça a quem semelhante coisa acontecia; mas isso a contrariava do mesmo jeito, devido aos mexericos e à sua posição.

Ela voltou insistiu:

– E quem que fez isso c'ocê, sem-vergonha?

E Céleste, resolvida a contar tudo, balbuciou:

– Tô achando que foi o Polyte.

Então a mãe Malivoire, louca de raiva, se jogou sobre a filha e começou a bater nela com tal frenesi que perdeu a touca.

Dava socos enormes na cabeça, e nas costas, e por todo o corpo. Completamente estendida entre os dois baldes, que a protegiam um pouco, Céleste apenas escondia o rosto entre as mãos.

Todas as vacas, surpresas, tinham parado de pastar e, viradas, contemplavam a cena com seus olhos redondos. A última delas mugiu, o focinho estendido para as mulheres.

Após bater até perder o fôlego, a mãe Malivoire, esbaforida, parou. E, retomando um pouco a presença de espírito, quis se inteirar de toda a situação:

– Polyte! Misericórdia! Cumé que ocê foi capaz?! Cum cocheiro. Ocê tava desmaiada? Ele deve ditê lançado feitiço pr'ocê, só pode. Com um pobre-diabo?

E Céleste, ainda estendida, murmurou contra o chão:

– Pagava não a corrida!

E a velha normanda entendeu.

Todas as semanas, às quartas-feiras e aos sábados, Céleste levava ao vilarejo os produtos da herdade, as aves de criação, a nata e os ovos.

Partia às sete da manhã carregando seus dois enormes cestos nos braços – os laticínios em um, as aves no outro – e ia esperar na estrada o carro dos correios da comunidade de Yvetot.

Colocava no chão suas mercadorias e sentava às margens da estrada, enquanto as galinhas de bico curto e pontudo e os patos de bico largo e chato, passando a cabeça através das barras de vime, olhavam com seu olhar redondo, estúpido e surpreso.

Logo, logo, a carruagem caindo aos pedaços, espécie de caixa amarela coberta com um boné de couro negro, chegava, balançando seu traseiro ao trote sacudido de uma mirrada égua branca.

E Polyte, o cocheiro, um rapaz trocista, barrigudo embora jovem – e a tal ponto queimado pelo sol, açoitado pelo vento, encharcado pelos temporais e corado pela cachaça, que o rosto e o pescoço tinham cor de tijolo –, gritava de longe fazendo estalar seu chicote:

– Dia, sinhorita Céleste. Vai bem a saúde, vai?

Um após o outro, ela lhe alcançava os cestos, que ele arrumava sobre a parte superior da carruagem; em seguida ela subia, levantando bem alto a perna para alcançar o estribo, mostrando uma panturrilha vigorosa, vestida com uma meia azul.

E toda vez Polyte repetia a mesma gracinha:

– Eita! Emagreceu não.

E ela ria, achando aquilo engraçado.

Depois ele soltava um "Arre, potranquinha" que fazia sua raquítica égua retomar o trote. Então Céleste, conseguindo pegar seu porta-moedas no fundo do bolso, tirava devagar dez soldos – seis por ela e quatro pelos cestos – e os entregava a Polyte, por cima do ombro. Ele apanhava o dinheiro, dizendo:

– Ainda não é pra hoje a festinha?

E ria com muito gosto se virando para ela, para contemplá-la à vontade.

Para Céleste custava muito dar a cada dia esse meio franco por três quilômetros de percurso. E quando não tinha soldos sofria ainda mais, não conseguindo se decidir a estender uma moeda de prata.

Assim, certo dia, no momento de pagar, ela perguntou:

– Pruma boa freguesa que nem eu, o sinhô não podia cobrá seis soldos?

Ele começou a rir:

– Seis soldos, minha belezura? A sinhorita vale mais do que isso, pode apostá.

Ela insistia:

– Sairia pro sinhô só dois francos a menos no mês.

Ele exclamou, batendo no lombo da sua franzina eguinha:

– Olhe que sô bom de negócio, postrocá isso por uma festinha.

Ela perguntou com um ar ingênuo:

– Que que o sinhô tá dizendo?

Ele estava se divertindo a tal ponto que se engasgava de tanto rir.

– Uma festa, uma festinha, diacho, uma festinha a dois, uma dança coladinha e sem música.

Ela entendeu e, enrubescendo, declarou:

– Sô dessas não, sinhô Polyte.

Porém ele não se intimidou e repetia, se divertindo cada vez mais:

– A sinhorita vai chegá lá, minha belezura, uma festinha a dois!

E desde então, toda vez que ela pagava, ele tomara o hábito de perguntar:

– Ainda não é pra hoje a festinha?

Agora ela também se divertia com aquilo e respondia:

– Pra hoje não, sinhô Polyte, mas olha que tá certo pro sábado!

E ele exclamava, rindo sempre:

– Combinado pro sábado, minha belezura.

Contudo, ela calculava com seus botões que, entre os dois anos de duração daquela história, pagara 48 francos a Polyte e, no campo, 48 francos não se encontram voando; calculava também que em mais dois anos teria que pagar cerca de cem francos.

De modo que certo dia, um dia de primavera em que se encontravam sozinhos, como ele perguntasse seguindo o costume:

– Ainda não é pra hoje a festinha?

Ela respondeu:

– Como quisé, sinhô Polyte.

Ele não se espantou de modo algum e saltou para a banqueta de trás, murmurando com um ar contente:

– Então chegamô lá. Sabia que a gente ia chegá lá.

E a velha égua branca começou a trotar com tanta suavidade que parecia dançar parada, surda à voz que por vezes gritava do fundo da carruagem:

– Arre, potranquinha, arre. Arre, potranquinha, arre.

Três meses mais tarde, Céleste percebeu que estava grávida.

Contara tudo isso à mãe com uma voz chorosa. E a velha, branca de ira, perguntou:

– Então, quanto que foi que isso custô?

Céleste respondeu:

– Quatro meses dá oito francos, na certa.

A essa altura a raiva da lavradora se libertou insanamente e, voltando a se jogar sobre a filha, a surrou até perder o fôlego. Em seguida, já de pé:

– Ocê disse pra ele que tava grávida?

– Disse não.

– Por que é que ocê não disse?

– Porque ele podia querê me cobrá a corrida outra vez!

E a velha ficou refletindo. Depois, pegando seus baldes:

– Vamo, trata de se erguê e faz força pra andá.

E em seguida, após um silêncio, falou:

– E ocê não vá me contá nada enquanto que ele não percebê: assim a gente ganha uns seis ou oito meses!

E Céleste, tendo se levantado, chorando ainda, descabelada e esbofeteada, recomeçou a andar com um passo pesado, murmurando:

– Vô contá é nada, na certa.

O colar

Era uma dessas moças lindas e encantadoras, nascidas, como por um engano do destino, em uma família de empregados. Não tinha dote, nem esperanças, nem maneira alguma de ser conhecida, entendida, amada, desposada por um homem rico e distinto, de modo que se entregou a um casamento com um pequeno auxiliar do Ministério de Instrução Pública.

Não podendo levar uma existência de luxo, viveu na simplicidade, mas infeliz como alguém fora de sua classe, pois para mulheres que não têm casta nem raça, a beleza, a graça e o charme lhes servem de berço e de linhagem. Sua finesse natural, seu instinto de elegância, sua leveza de espírito são a única hierarquia e igualam as moças da plebe às grandes damas.

Ela sofria o tempo todo, sentindo-se nascida para todas as delicadezas e todas as pompas. Sofria com a pobreza de seu lar, com a miséria das paredes, com as cadeiras desgastadas, com a feiura dos estofados. Todas essas coisas, que outra mulher da sua posição nem sequer teria percebido, causavam-lhe tormento e indignação. A vista da pequena bretã que fazia seu humilde trabalho doméstico despertava nela desolados arrependimentos e devaneios arrebatados. Ela sonhava com antecâmaras silenciosas, revestidas de tapeçarias orientais, iluminadas por altos candelabros de bronze, e com dois criados altos de calças curtas que cochilavam nas largas poltronas, esmorecidos pelo calor pesado do aquecedor. Sonhava com os grandes salões forrados de seda antiga, com os móveis finos e seus bibelôs inestimáveis, e com os pequenos salões agradáveis, perfumados, feitos para conversas de cinco horas com os amigos mais íntimos, os homens conhecidos e solicitados, dos quais todas as mulheres cobiçam e desejam a atenção.

Quando sentava para jantar à mesa redonda, coberta por uma toalha de três dias, em frente a seu marido, que tirava a tampa da sopeira declarando com um semblante encantado: "Ah, o bom cozido! Não conheço nada melhor do que isso...", sonhava com os jantares finos, com as pratarias reluzentes, com as tapeçarias cobrindo as paredes de personagens antigos e com passarinhos estranhos no meio de uma floresta de contos de fada; sonhava com pratos requintados servidos em baixelas maravilhosas, com os galanteios cochichados e ouvidos com um sorriso de esfinge, tudo isso ao sabor da carne rosada de uma truta ou das asas de uma perdiz.

Ela não dispunha de trajes de gala nem de joias nem de nada. E não adorava senão isso e só se sentia nascida para isso. Gostaria tanto de agradar e ser cobiçada, ser sedutora e solicitada.

Tinha uma amiga rica, uma colega de internato que não queria mais visitar, a tal ponto sofria na volta para casa. E chorava durante dias a fio, de desgosto, de remorso, de desespero e de aflição.

Ora, certa noite seu marido entrou em casa com um ar de glória e um grande envelope na mão.

– Veja – disse. – Tenho uma coisinha para você.

Ela rasgou o papel às pressas e retirou dele um cartão impresso que trazia as seguintes palavras:

O ministro da Instrução Pública e a sra. Georges Ramponneau têm a honra de convidar o sr. e a sra. Loisel para a noite de gala no prédio do Ministério, segunda-feira, dia 18 de janeiro.

Em vez de ficar encantada, como esperava seu marido, ela lançou com desprezo o convite sobre a mesa, murmurando:

– O que você espera que eu faça com isso?

– Mas, querida, imaginei que fosse ficar contente. Você nunca sai e esta seria uma bela oportunidade! Penei muito para conseguir esse convite. Todo mundo quer um. São cobiçadíssimos e não distribuem muitos deles aos funcionários. Lá você vai ver todas as autoridades.

Ela o mediu com um olhar irritado e declarou com impaciência:

– O que você espera que eu vista para ir?

Ele não tinha pensando nisso. Balbuciou:

– Ora, o vestido de ir ao teatro. Para mim, ele parece uma ótima opção...

Ele se calou, estupefato, desconcertado, ao ver que sua esposa chorava. Duas grandes lágrimas rolavam lentamente do canto dos olhos para os cantos da boca. Ele gaguejou:

– O que você tem? O que você tem?

Porém, à custa de um violento esforço, ela dominara sua mágoa e respondeu com uma voz calma, enxugando as faces molhadas:

– Nada. Apenas não tenho roupa apropriada e por isso não posso ir à festa. Entregue esse convite a algum colega que tenha uma esposa mais bem-vestida do que eu.

Ele estava desolado. Recomeçou:

– Vamos ver, Mathilde, quanto custaria isso, uma roupa apropriada que você pudesse usar ainda em outras ocasiões, algo bem simples?

Ela refletiu por alguns segundos, fazendo suas contas e calculando também a quantia que poderia pedir sem provocar uma negativa imediata e uma exclamação atônita do econômico auxiliar.

Por fim respondeu, hesitando:

– Não sei ao certo, mas tenho a impressão de que com quatrocentos francos eu poderia dar um jeito.

Ele empalidecera um pouco, pois reservava precisamente essa quantia para comprar uma espingarda e ter como participar de caçadas no verão seguinte, na planície de Nanterre, ao lado de alguns amigos que iam para lá aos domingos atirar em cotovias.

Ainda assim, disse:

– Está bem. Vou lhe dar quatrocentos francos. Mas trate de escolher um belo vestido.

O dia da festa se aproximava, mas a sra. Loisel parecia triste, inquieta, ansiosa. Seu vestido, no entanto, estava pronto. Certa noite, seu marido perguntou:

– O que você tem? Diga, você está muito esquisita nesses últimos três dias.

E ela respondeu:

– Fico chateada por não ter uma joia, uma pedra preciosa, nada para enfeitar. Vou aparecer com o mesmo aspecto miserável de sempre. Estou quase preferindo não ir a essa noite de gala.

Ele ponderou:

– Você pode colocar uma dessas flores naturais. Estão muito na moda na nossa estação. Com dez francos, terá duas ou três rosas magníficas.

Ela não estava convencida:

– Nunca... não há nada mais humilhante do que ter o ar de pobre no meio de mulheres ricas.

Contudo, seu marido exclamou:

– Como você é boba! Vá até sua amiga, a sra. Forestier, e peça para ela lhe emprestar algumas joias. Você tem bastante intimidade com ela para fazer um pedido desses.

Ela soltou um grito de alegria:

– É verdade. Não havia pensado nisso.

No dia seguinte, foi visitar a amiga e lhe contou sua desventura.

A sra. Forestier se dirigiu ao seu armário espelhado, apanhou um grande porta-joias, o levou até a sra. Loisel e, abrindo-o, disse:

– Escolha, minha cara.

Ela começou vendo braceletes, a seguir um colar de pérolas, depois uma cruz veneziana, ouro e pedrarias de um trabalho admirável. Experimentava as peças em frente ao espelho, hesitava, indecisa quanto a tirá-las ou colocá-las. Perguntava sempre:

– Você não teria alguma outra coisa?

– Claro que sim, é só procurar. Não sei o que pode agradá-la.

De repente ela descobriu, em uma caixa de cetim preto, um soberbo colar de diamantes, e seu coração começou a bater de um desejo descontrolado. Suas mãos tremiam ao pegá-lo. Ela o prendeu em volta do pescoço, sobre seu vestido de gola alta, e permaneceu extasiada diante de si mesma.

Em seguida perguntou, indecisa, repleta de angústia:

– Pode me emprestar este, só este?

– Mas é claro.

Ela saltou ao pescoço da amiga e lhe deu um beijo com efusão, depois fugiu com seu tesouro.

O dia da festa chegou. A sra. Loisel fez sucesso. Era a mais linda de todas, elegante, graciosa, sorridente e fora de si de alegria. Todos os homens lhe dirigiam olhares, perguntavam seu nome, tentavam ser apresentados. Todos os funcionários da pasta queriam valsar com ela. O ministro reparou nela.

Dançava com êxtase, com frenesi, embriagada pelo prazer, não pensando em mais nada, no triunfo de sua beleza, na glória de seu sucesso, em uma espécie de nuvem de êxito feita de todas aquelas reverências, de todas aquelas admirações, de todos aqueles desejos suscitados, daquela vitória completa e tão doce ao coração das mulheres.

Partiu por volta das quatro horas da manhã. Seu marido, desde a meia-noite, dormia em um salãozinho deserto com outros três senhores cujas esposas se divertiam muito.

Ele colocou sobre os ombros dela as peças que trouxera para a saída, modestas peças de roupa da vida ordinária, cuja pobreza contrastava com a elegância do traje de baile. Ela pressentiu e quis fugir, para não ser vista pelas outras mulheres que se cobriam com ricos casacos de peles.

Loisel a deteve:

– Espere um pouco. Você vai pegar um resfriado lá fora. Vou chamar um fiacre.

Porém, ela não lhe dava ouvidos e descia depressa a escadaria. Quando chegaram à rua, não encontraram carruagem e começaram a procurar, gritando para os cocheiros que viam passar ao longe.

Desciam rumo ao Sena, desesperados, congelando. Enfim encontraram no cais um desses velhos cupês notívagos que só podem ser vistos em Paris quando chega a noite, como se sentissem vergonha de sua miséria durante o dia.

A carruagem os deixou na porta de casa, na Rue des Martyrs, e eles subiram com tristeza para seu lar. Para ela, estava acabado. Já ele pensava que deveria se apresentar no Ministério às dez da manhã.

Diante do espelho, ela tirou as roupas que envolviam seus ombros, a fim de se ver uma última vez em seu esplendor. Só que de repente soltou um grito. Não tinha mais o colar em volta do pescoço.

Seu marido, já meio despido, perguntou:

– O que houve?

Ela se voltou para ele, horrorizada:

– Eu... eu... não estou mais com o colar da sra. Forestier.

Ele se levantou, transtornado:

– O quê?!... Como?!... Não é possível!...

E procuraram entre as pregas do vestido, entre as pregas do casaco, nos bolsos, por tudo, mas não o encontraram.

Ele perguntava:

– Você tem certeza de que ainda estava com ele ao sair do baile?

– Sim, toquei nele no hall do Ministério.

– Mas se por acaso tivesse perdido na rua, teríamos ouvido o barulho dele ao cair. Deve ter ficado dentro do fiacre.

– Sim, é provável. Guardou o número?

– Não, e você? Prestou atenção?

– Não.

Os dois se contemplavam, consternados. Por fim Loisel voltou a se vestir e disse:

– Vou refazer todo o caminho que fizemos a pé, para ver se consigo encontrá-lo.

E saiu. Ela ficou com o traje de gala, sem forças para se deitar, inerte sobre uma cadeira, na escuridão, apática.

Seu marido voltou lá pelas sete horas. Nada tinha encontrado.

Ele foi à delegacia de polícia, aos jornais para publicar um anúncio oferecendo recompensa, às companhias que trabalhavam com pequenas carruagens, enfim, a todos os lugares para onde um fio de esperança o conduzia.

Ela esperou o dia inteiro, no mesmo estado de perturbação diante daquele catastrófico desastre.

Loisel retornou à noite, com o rosto inexpressivo, pálido; nada descobrira.

– Você precisa escrever à sua amiga – disse – informando que quebrou o fecho do colar e que vai mandar consertá-lo. Isso nos dará tempo de agir.

Ela escreveu conforme ele ditava.

Ao fim de uma semana, tinham perdido todas as esperanças.

E Loisel, cinco anos envelhecido, declarou:

– Precisamos pensar em substituir essa joia.

No dia seguinte, pegaram a caixa de cetim do colar e foram até o joalheiro cujo nome aparecia na parte de dentro do estojo. Ele consultou seus livros de registro:

– Não fui eu, senhora, quem vendeu esse colar. Devo ter apenas fornecido o porta-joias.

Então eles foram de joalheria a joalheria, procurando um adereço similar, consultando suas lembranças, ambos padecendo de desespero e aflição.

Em uma loja do Palais Royal, encontraram um rosário de diamantes que lhes pareceu perfeitamente semelhante ao que estavam procurando. Custava 40 mil francos. Faziam por 36.

Imploraram ao joalheiro para não vendê-lo antes de três dias. E acordaram que o devolveriam por 34 mil francos se o primeiro fosse encontrado antes do fim de fevereiro.

Loisel possuía 18 mil francos deixados por seu pai. Tomaria o restante de empréstimo.

Correu atrás do dinheiro, pedindo mil francos a um, quinhentos a outro, cinco luíses aqui, três ali. Assinou notas promissórias, contraiu dívidas devastadoras, negociou com usurários, com toda a raça de agiotas. Comprometeu todo o resto de sua vida, arriscou sua assinatura sem sequer saber se poderia honrá-la e, apavorado pelas angústias do futuro, pela sombria miséria que se abateria sobre ele, pela perspectiva de todas as privações físicas e de todas as torturas morais, foi buscar o colar novo, colocando sobre o balcão do mercador 36 mil francos.

Quando a sra. Loisel devolveu o adereço à sra. Forestier, esta lhe disse, com ar ofendido:

– Você deveria ter me trazido antes, pois eu poderia ter precisado.

Não abriu a caixa de cetim, o que a amiga temia. Se percebesse a troca, o que teria pensado? O que teria dito? Não a teria tomado por uma ladra?

A sra. Loisel conheceu a vida horrível dos necessitados. Aliás, assumiu a condição de uma só vez, de modo heroico. Era preciso quitar essa dívida exorbitante e ela quitaria. Abriram mão da empregada, trocaram de residência, passaram a viver de aluguel sob o telhado de uma mansarda.

Ela conheceu as pesadas lides domésticas, as odiosas tarefas da cozinha. Passou a lavar a louça, gastando suas unhas cor-de-rosa em pratos engordurados e no fundo de panelas. Passou a ensaboar as roupas sujas, as camisas e os panos, que estendia para secar em uma corda de varal. Passou a descer para a rua todas as manhãs, levando o lixo, e a subir com a água, parando a cada patamar para recuperar o fôlego. E, vestida como uma plebeia, passou a ir às feiras, às mercearias, aos açougues levando o cesto no braço, regateando, injuriada, defendendo cada centavo de seu miserável dinheiro.

Todo mês precisavam pagar as notas promissórias, renovar outras, ganhar tempo.

O marido trabalhava ao entardecer, passando a limpo as contas de um comerciante e, à noite, muitas vezes, fazia transcrições a cinco moedas a lauda.

E essa vida durou dez anos.

Ao fim de dez anos, tinham devolvido tudo, tudo, com as taxas da usura e os juros acumulados.

A sra. Loisel parecia envelhecida agora. Ela se tornara a mulher forte, dura e severa dos lares pobres. Mal penteada, com saias grosseiras e mãos vermelhas, falava alto e lavava os soalhos gastando muita água. No entanto, por vezes, quando seu marido estava na repartição, ela sentava diante da janela e pensava naquela noite de gala dos tempos idos, naquele baile em que fora tão bela e tão festejada.

O que teria acontecido se não tivesse perdido aquele adereço? Quem poderia saber? Quem poderia saber? Como a vida é peculiar e dá voltas! Como basta pouco para o precipício ou a salvação!

Ora, certo domingo, como ela fosse dar uma volta na Champs-Élysées para relaxar das lides da semana, percebeu de repente uma mulher que passeava com uma criança. Era a sra. Forestier, ainda jovem, ainda bela, ainda sedutora.

A sra. Loisel se sentiu comovida. Falaria com ela? Sim, com certeza. E agora que pagara lhe contaria tudo. Por que não?

Aproximou-se:

– Olá, Jeanne.

Não a reconhecendo, a outra ficou espantada de ser chamada com tanta familiaridade por aquela plebeia. Balbuciou:

– Mas... senhora!... Não sei... Acho que deve estar cometendo um engano...

– Não. Sou eu, Mathilde Loisel.

Sua amiga não conteve um grito:

– Oh!... Minha pobre Mathilde, como você está mudada!...

– Sim, passei por dias duríssimos desde que a encontrei pela última vez, e por muitas desgraças... e tudo por sua culpa!...
– Por minha culpa... Mas como?
– Você deve se lembrar daquele colar de diamantes que me emprestou para eu ir à festa no Ministério...
– Sim. E daí?
– E daí que eu o perdi.
– Como, se você me devolveu?!
– Devolvi outro muito parecido. E trabalhamos por dez anos para pagá-lo. Você sabe, não era fácil para nós, que não tínhamos nada... Enfim, está acabado e me sinto muito contente.

A sra. Forestier tinha parado.
– Você está me dizendo que comprou um colar de diamantes para substituir o meu?
– Sim. E você nem sequer percebeu, não é? Eram quase idênticos.

E sorria com uma alegria altiva e ingênua.

A sra. Forestier, muito comovida, pegou as duas mãos da amiga.
– Oh! Minha pobre Mathilde! Mas o meu era falso. Valia no máximo quinhentos francos!...

A FELICIDADE

Era a hora do chá, antes de se acenderem os candelabros. A mansão dominava o mar; o sol posto tinha deixado o céu todo róseo com sua passagem, ungido de pó dourado, e o Mediterrâneo, sem uma única onda, uma única agitação, liso, ainda reluzente sob o cair do dia, parecia uma placa de metal polida e sem fim.

Ao longe, à direita, montanhas pontiagudas desenhavam seu contorno escuro sobre a púrpura pálida do poente.

Os convivas falavam de amor, debatiam esse tema antigo, repetiam coisas já ditas, muito comuns. A doce melancolia do crepúsculo abrandava as conversas, fazia ondular uma suavidade nas almas e esta palavra, "amor", que retornava o tempo todo, ora pronunciada por uma forte voz masculina, ora por um leve timbre feminino, parecia encher o pequeno salão, esvoaçar ali como um pássaro, pairar como um espírito.

É possível amar por vários anos?

– Sim – defendiam uns.

– Não – afirmavam outros.

Analisavam caso a caso, estabeleciam limites, citavam exemplos. E todos, homens e mulheres, repletos de lembranças despertadas e perturbadoras que não podiam mencionar e lhes vinham à ponta da língua, pareciam comovidos, falavam dessa coisa banal e soberba, a união carinhosa e misteriosa entre dois seres, com uma emoção profunda e um interesse ardente.

Porém, de repente, alguém com os olhos perdidos ao longe exclamou:

– Oh! Vejam, lá! O que é aquilo?

Sobre o mar, no horizonte distante, surgia uma massa cinza, enorme e difusa.

As mulheres se levantaram e observavam sem entender aquela coisa surpreendente que nunca haviam visto.

Alguém disse:

– É a Córsega! Ela é visível assim duas ou três vezes por ano, em certas condições atmosféricas excepcionais, quando o ar, de uma transparência perfeita, deixa de escondê-la por trás dessas brumas de vapor d'água que sempre cobrem as paragens distantes.

Distinguiam vagamente os cumes, acreditavam reconhecer a neve dos picos. E todo mundo ficou surpreso, desconcertado, quase assustado por aquela brusca aparição de um mundo, por aquele fantasma que brotava do mar. Talvez aqueles que se aventuraram pelos oceanos inexplorados, como Colombo, tenham vivenciado essas estranhas visões.

Nesse momento, um velho, que até então permanecera calado, falou:

– Vejam... nessa ilha, que se ergue diante de nós como para responder por si ao que comentávamos e como para me trazer uma singular recordação, eu conheci um exemplo admirável de amor duradouro, um amor inacreditavelmente feliz.

"Se passou assim.

"Há cinco anos, fiz uma viagem para a Córsega. Essa ilha deserta é mais desconhecida e mais inacessível para nós do que a América, mesmo que algumas vezes a vejamos do litoral da França, como agora.

"Imaginem um mundo ainda em caos, um vendaval de montanhas separado por desfiladeiros estreitos em que despencam torrentes; nem uma campina, mas imensas ondas de granito e gigantes ondulações de terra cobertas de matagal ou de florestas altas de castanheiros e de pinheiros. É um solo virgem, árido, ermo, embora por vezes se divise um vilarejo, semelhante a um amontoado de rochas no topo de um monte. Nada de cultura, de indústria, de arte. Em momento algum um pedaço de madeira trabalhada, uma ponta de pedra esculpida, a lembrança do gosto pueril ou refinado dos ancestrais para as coisas graciosas e belas. É isso mesmo o que mais choca nessa extraordinária e dura região: a indiferença hereditária quanto a essa busca de formas sedutoras que chamamos de arte.

"A Itália – onde cada palácio lotado de obras-primas também é por si só uma obra-prima, onde o mármore, a madeira, o bronze, o ferro, os metais e as pedras atestam o talento do homem, onde os mais ínfimos objetos antigos conservados nas velhas casas revelam divina preocupação com a graça – é para todos nós a pátria sagrada que amamos porque nos demonstra e nos prova o esforço, a grandeza, o poder e o triunfo da inteligência criadora.

"E diante dela a inacessível Córsega permaneceu como em seus primeiros tempos. Lá o ser humano vive no grosseiro lar, insensível a tudo o que não diz respeito à sua própria existência ou a suas rixas familiares. Lá ficou com os defeitos e as qualidades das raças incultas, violento, rancoroso, sanguinário sem ter consciência, mas também hospitaleiro, generoso, devoto, ingênuo, abrindo a porta de sua casa aos viajantes e oferecendo sua amizade leal ao menor sinal de simpatia.

"Assim perambulava eu havia um mês através dessa ilha magnífica, com a sensação de estar no fim do mundo. Nada de pousadas, de cabarés, de estradas. Atravessando sendas em cima de mulas, chegamos àqueles lugarejos pendurados no flanco das montanhas, que dominam abismos tortuosos por onde se ouve subir, ao entardecer, o barulho contínuo, a voz surda e profunda da torrente. Batemos à porta das casas e pedimos abrigo para a noite e algo para nos mantermos até o dia seguinte. E sentamos à modesta mesa e dormimos sob o humilde teto. E pela manhã apertamos a mão do anfitrião que nos conduziu até os limites do vilarejo.

"Ora, certa noite, após dez horas de caminhada, cheguei a uma pequena casa isolada no fundo de um estreito valezinho que ia se perder no mar uma légua adiante. Os dois pequenos declives da montanha, cobertos de matagal, de rochas que desabaram e de grandes árvores, bloqueavam como duas muralhas esse valezinho lamentavelmente triste.

"Ao redor da choupana havia algumas vinhas, um jardinzinho e, mais distante, alguns grandes castanheiros, um meio de subsistência, enfim, uma fortuna para aquela região pobre.

"A mulher que me recebeu era velha, severa e asseada, o que era raro. O homem, afundado sobre a cadeira de palha, se levantou para me cumprimentar, depois voltou a sentar sem dizer uma palavra. Sua companheira me disse:

"– Perdoe-o. Ele está surdo agora. Tem 82 anos.

"Ela falava o francês da França. Fiquei surpreso e perguntei:

"– A senhora não é da Córsega?

"Respondeu:

"– Não, somos da parte continental, mas faz cinquenta anos que moramos aqui.

"Uma sensação de angústia e medo se apoderou de mim ao pensar nos cinquenta anos passados naquele buraco sombrio, tão distante das cidades onde vivem os homens. Um velho pastor entrou e começamos a comer o único prato do jantar, uma sopa grossa cozinhada com batatas, toucinho e couve.

"Quando a escassa refeição terminou, fui sentar diante da porta, o coração oprimido pela melancolia da pesarosa paisagem, apertado por essa angústia que às vezes invade os viajantes em certas noites tristes, em certos lugares desolados. É como se tudo estivesse próximo do fim, a existência e o universo. A gente percebe de chofre a assustadora miséria da vida, o isolamento de todos, o vazio de tudo e a tenebrosa solidão do próprio coração, que se acalenta e se ilude através dos sonhos até a morte.

"A velha se juntou a mim e, torturada por essa curiosidade que sempre habita a profundeza das mais resignadas almas, perguntou:

"– Então o senhor vem da França?

"– Sim, viajo por prazer.

"– E por acaso o senhor é de Paris?

"– Não, sou de Nancy.

"Tive a impressão de que uma extraordinária emoção a agitava. Como percebi, ou melhor, senti isso, não faço ideia.

"Ela repetiu com uma voz vagarosa:

"– O senhor é de Nancy?

"O homem surgiu à porta, impassível como são os surdos.

"Ela prosseguiu:

"– Não tem problema, ele não escuta.

"Em seguida, depois de alguns segundos:

"– Então o senhor conhece o pessoal de Nancy?

"– Claro, quase todo mundo.

"– A família de Sainte-Allaize?

"– Sim, muito bem. Eram amigos de meu pai.

"– Como o senhor se chama?

"Disse meu nome. Ela me olhou fixamente, a seguir pronunciou com essa voz baixa despertada pelas recordações:

"– Sim, sim, lembro bem. E os Brisemare, o que é feito deles?

"– Todos morreram.

"– Ah! E os Sirmont, o senhor conhecia?

"– Sim, o último se tornou general.

"Àquela altura ela disse, estremecendo de emoção, de angústia, de não sei que sentimento confuso, poderoso e sagrado, de não sei que necessidade de confessar, de contar tudo, de falar daquelas coisas que até então trancafiara no fundo do coração e daquelas pessoas cuja menção agitava sua alma:

"– Sim, Henri de Sirmont. Sei bem. É meu irmão.

"E ergui os olhos em direção a ela, assombrado de surpresa. E de uma só vez a recordação voltou à minha mente.

"No passado, aquela história causara um grande escândalo na nobreza de Lorena. Uma moça bela e rica, Suzanne de Sirmont, fora raptada por um suboficial de hussardos do regimento comandado por seu pai.

"Era um rapaz bonito, filho de camponeses, mas a quem caía bem o dólmã azul, aquele soldado que seduzira a filha de seu coronel. Ela provavelmente o avistara, notara, amara ao ver o desfile das tropas. Porém, como ele pudera falar com ela, como os dois conseguiram se encontrar, se entender? Como ela havia se atrevido a sinalizar que o amava? Essas respostas ninguém nunca soube dar.

"Nada se intuiu, tampouco se previu. Certa noite, como o soldado acabasse de encerrar seu turno, desapareceu com ela. Os dois foram procurados, sem sucesso. Jamais tiveram notícias deles e ela foi dada como morta.

"E eis que a reencontro dessa maneira no sinistro valezinho.

"Foi minha vez de retomar a conversa:

"– Sim, lembro bem. Estou diante da srta. Suzanne.

"Ela fez 'sim' com a cabeça. Lágrimas rolaram de seus olhos. Então, apontando com o olhar o velho parado sobre a soleira do casebre, ela me disse:

"– É ele.

"E eu compreendi que ela o amava ainda, que o fitava ainda com seus olhos enfeitiçados.

"Perguntei:

"– A senhora pelo menos foi feliz?

"Respondeu, com uma voz que vinha do coração:

"– Oh, sim! Muito feliz. Ele me fez muito feliz. Em nenhum momento me arrependi.

"Eu a contemplava triste, surpreso, maravilhado pela força do amor! Essa moça rica tinha seguido esse homem, esse camponês. Ela mesma virara uma camponesa. Habituara-se à vida sem encantos, sem luxo, sem quaisquer caprichos, ela se curvara a seus hábitos simples. E ainda o amava. Havia se tornado uma rústica, de touca, de saia de pano. Comia em um prato de barro sobre uma mesa de madeira, sentada em uma cadeira de palha, uma papa de couve e batata e tiras de toucinho. Dormia sobre uma esteira ao lado dele.

"Nunca pensara em mais nada além dele. Não lamentara nem pelas joias, nem pelos tecidos, nem pelos requintes, nem pela maciez das cadeiras, nem pela perfumada tepidez dos quartos envoltos por tapeçarias, nem pela suavidade dos colchões de pena em que os corpos se afundam para o descanso. Nunca tivera outra necessidade senão dele: contanto que estivesse presente, ela nada desejava.

"Muito moça, abandonara a vida e o mundo, aqueles que a educaram e a amavam. Viera sozinha com ele para esse valezinho deserto. E ele fora tudo para ela, tudo o que desejou, tudo com que sonhou, tudo o que esperou o tempo inteiro e continua esperando. Ele enchera sua existência de felicidade, do início ao fim.

"Ela não poderia ter sido mais venturosa.

"E durante toda a noite, ao ouvir a respiração rouca do velho soldado estendido sobre seu catre ao lado daquela que o seguira tão longe, eu pensava nessa estranha e simples história, nessa felicidade tão completa, feita de tão pouco.

"E ao nascer do sol eu parti, depois de ter apertado a mão do velho casal."

O narrador se calou. Uma mulher disse:

– Tanto faz. Ela tinha um ideal muito fácil, necessidades muito primitivas e exigências simples demais. Só podia ser uma tonta.

Um outro pronunciou com voz vagarosa:

– Pouco importa! Ela foi feliz.

E para além, no horizonte a perder de vista, a Córsega mergulhava na noite, se escondia lentamente no mar, dissipava sua sombra enorme que surgira como para contar por si a história dos dois simples amantes que sua encosta abrigava.

O velho

Um sol morno de outono se esparramava no pátio da propriedade rural, por cima das grandes faias que delimitavam a herdade. Por baixo da grama pastada pelas vacas, a terra, impregnada da chuva recente, afundava sob os pés com um barulho de água, e as macieiras carregadas deitavam seus frutos de um verde pálido no verde escuro da relva.

Quatro bezerrinhas pastavam amarradas em linha e mugiam de vez em quando em direção à residência; as aves de capoeira faziam um alvoroço colorido sobre o adubo, diante do estábulo, e ciscavam, reviravam, cacarejavam, enquanto dois galos cantavam sem parar, buscando minhocas para suas galinhas, que eles chamavam com um vivo cocorocó.

O portão de madeira se abriu: um homem entrou, talvez de seus quarenta anos, mas que parecia ter a aparência de um velho de sessenta, enrugado, curvado, caminhando com grandes passadas lentas, retardadas pelo fardo de pesados tamancos cheios de palha. Seus braços, demasiado compridos, pendiam dos dois lados do corpo. Quando se aproximou da propriedade, um cãozinho amarelo, preso ao pé de uma enorme pereira, ao lado de um barril que lhe servia de casa, balançou o rabo, depois começou a latir em uma demonstração de alegria. O homem gritou:

– Vai deitá, Finot!

O cachorrinho se calou.

Uma lavradora saiu da casa. Ossudo, largo e chato, seu corpo se delineava sob um casaco de lã que envolvia sua cintura. Uma saia cinza, muito curta, caía até a metade das pernas, escondidas por meias azuis. Também ela calçava tamancos cheios de palha. Uma touca branca, já amarelada, cobria alguns cabelos colados à cabeça, e sua face trigueira, magra, feia, desdentada, exibia essa fisionomia selvagem e bruta que algumas vezes têm os rostos dos trabalhadores do campo.

O homem perguntou:

– Comé que ele tá?

A mulher respondeu:

– O vigário disse que tá acabado, que dessa noite não passa.

Ambos foram para dentro de casa.

Após atravessar a cozinha, penetraram no quarto, baixo, escuro, apenas iluminado por uma janela, diante da qual pendia um farrapo de chita normando. As grossas vigas do teto, escurecidas pelo tempo, negras e enfumaçadas, atravessavam a peça de ponta a ponta, sustentando o frágil soalho do sótão, por onde corriam noite e dia ninhadas de ratos.

O chão de terra, esburacado, úmido, parecia fértil e, no fundo da peça, o leito lembrava uma nódoa ligeiramente branca. Um ruído regular, rouco, uma respiração difícil, arquejante, sibilante, um gorgolejo de água como o produzido por uma bomba quebrada, partia da cama obscura sobre a qual agonizava um ancião, o pai da lavradora.

O homem e a mulher se aproximaram e observaram o moribundo com um olhar plácido e resignado.

O genro disse:

– Essa vez, tá acabado. Ele não vai guentá inté a noite.

A lavradora respondeu:

– Desd'o meio-dia que agoniza assim.

Em seguida se calaram. O pai tinha os olhos cerrados, o rosto cor de terra tão seco que parecia de madeira. A boca entreaberta deixava passar seu estertor ruidoso e duro; e o lençol de pano cinza se erguia sobre seu peito a cada respiração.

O genro, depois de um longo silêncio, falou:

– Só resta deixá ele morrê. Nós não pode fazê nada. Mesmo assim vai atrapalhá o trabalho da lavora, já que o tempo tá bom e daria pra fazê a repicage amanhã.

A mulher pareceu inquieta diante daquela observação. Refletiu por alguns instantes, ao que declarou:

– Como ele vai batê as botas, a gente não vai enterrá antes do sábado. Ocê vai tê amanhã pra repicage.

O lavrador meditava. Disse:

– Sim, mas amanhã vai sê preciso chamá pra imunação e vô precisá de cinco ou seis horas pra ir de Tourville a Manetot, passando pela casa de todo mundo.

Depois de ponderar dois ou três minutos, a mulher comentou:

– É só três horas, ocê podia começá a viage hoje e fazê todo o lado de Tourville. Ocê pode ir dizendo que ele bateu as botas já que dificilmente vai passá dessa tarde.

O homem permaneceu alguns instantes perplexo, pesando os prós e os contras da ideia. Enfim, declarou:

– Bom, já vou.

Ia sair, mas voltou. Após hesitar:

– Já que ocê tá sem nada pra fazê, colha umas maçãs pra cozinhá e depois faça quatro dúzias de *douillons* pra quem vié à imunação, já que vai sê preciso beliscá. Ocê vai acendê o forno com a lenha que tá no lagar do galpão. Ela tá seca.

E saiu do quarto, entrou na cozinha, abriu o armarinho, pegou um pão de seis libras, cortou cuidadosamente uma fatia, recolheu na palma da mão as migalhas caídas na tabuinha e as jogou na boca para não perder nada. Em seguida, com a ponta da faca, retirou do fundo de um pote de argila marrom um pouco de manteiga com sal, espalhou-a sobre o pão e começou a comê-lo sem pressa, como fazia em relação a tudo.

Depois atravessou outra vez o pátio, acalmou o cão que recomeçava a latir, tomou o caminho que ladeava a divisa de sua propriedade e se distanciou rumo a Tourville.

Assim que ficou sozinha, a mulher se pôs ao trabalho. Tirou a tampa do cesto de farinha e preparou a massa dos *douillons*. Demoradamente bateu, virando e revirando, mexendo, amassando, sovando a massa. A seguir fez uma grande bola de um branco-amarelado, que deixou no canto da mesa.

Então foi atrás das maçãs e, para não machucar com a vara a árvore, subiu nela com a ajuda de um banquinho. Escolhia as frutas com atenção, a fim de só selecionar as mais maduras, e as empilhava no seu avental.

Uma voz chamou da estrada:
– Ê, sra. Chicot?

Ela se virou. Era um vizinho, o sr. Osime Favet, administrador da região, que ia adubar suas terras e estava sentado com as pernas suspensas sobre a carroça de fertilizante. Ela se voltou e respondeu:

– Em que posso ajudá, sinhô Osime?
– Como tá o pai?

Ela exclamou:

– Quase batendo as botas. É sábado a imunação, às sete, já que a repicage não pode esperá.

O vizinho disse:

– Certo. A vida segue! Boa sorte!

Ela respondeu à gentileza:

– Brigada! O mesmo pro sinhô.

Ao que recomeçou a colher as maçãs.

Tão logo entrou em casa, foi ver seu pai, esperando encontrá-lo morto. No entanto, já na porta, distinguiu a respiração ruidosa e monótona e, julgando desnecessário se aproximar da cama para não perder tempo, começou a preparar os *douillons*.

Uma a uma, ela envolvia as frutas em uma fina camada de massa e as alinhava no canto da mesa. Quando terminou quarenta e oito bolas, reunidas em dúzias frente a frente, pensou em preparar a ceia e levou ao fogo a panela para cozinhar as batatas, pois refletira que não valia a pena acender o forno naquele mesmo dia, tendo todo o seguinte para terminar os preparativos.

Seu homem voltou lá pelas cinco. Mal cruzou a soleira, perguntou:

– Tá morto, tá?

Ela respondeu:

– Inda não. Continua roquejando.

Eles foram ver. O velho permanecia exatamente na mesma situação. Sua respiração rouca, pontual como uma volta de relógio, não tinha nem acelerado nem diminuído. De segundo a segundo se repetia, com uma pequena variação de tom, conforme o ar entrava ou saía de seus pulmões.

O genro o fitou e logo disse:

– Vai apagá sem que a gente perceba, como uma vela.

Retornaram à cozinha e, em silêncio, passaram a cear. Após devorar a sopa, comeram ainda uma fatia de pão com manteiga e, assim que a louça foi lavada, tornaram a entrar no quarto do moribundo.

A mulher passeou um candeeiro de pavio fumegante pelo rosto do pai. Se não respirasse, jurariam que estava morto.

A cama dos dois lavradores estava oculta no outro canto do quarto, em uma espécie de vão. Deitaram sem dizer uma palavra, apagaram a luz, fecharam os olhos e logo dois roncos diferentes, um mais profundo, outro mais agudo, fizeram companhia ao estertor do moribundo.

No sótão, corriam os ratos.

O marido se levantou à primeira palidez da manhã. Seu sogro continuava vivo. Ele balançou a mulher, inquieto com aquela persistência do velho.

– Olha, Phémie, ele não qué morrê. Que que ocê pretende fazê?

Sabia que ela era uma boa conselheira. Respondeu:

– Na certa que num passa de hoje. Não tem nada pra temê, já que o administrador não vai se opor que a gente enterre amanhã mesmo, como fizeram com o padre Rénard, que descansou bem na hora do plantio.

Ele se convenceu pela evidência do argumento e partiu para o campo.

A mulher preparou os *douillons*, depois cumpriu todas as tarefas da herdade.

Ao meio-dia, o velho ainda não tinha morrido. Os trabalhadores contratados para a jornada de repicagem vieram, em grupo, contemplar o ancião que tardava a passar desta para a melhor. Cada um deixou uma palavra de consolo, antes de partirem para as terras.

Às seis horas, quando voltaram, o pai ainda respirava. O genro, por fim, ficou horrorizado:

– Que que ôce pretende fazê agora, Phémie?

Ela não sabia mais como resolver o caso. Foram procurar o administrador da região, que prometeu que faria vista grossa e autorizaria o enterro para o dia seguinte. O oficial de saúde que foram ver também se comprometeu, para socorrer o sr. Chicot, a falsificar a data da certidão de óbito. O homem e a mulher retornaram em paz para casa.

Deitaram e dormiram como na véspera, misturando sua respiração sonora à mais fraca do velho.

Quando acordaram, ele continuava vivo.

Então ficaram consternados. Permaneceram de pé à cabeceira do pai, medindo-o com desconfiança, como se ele quisesse pregar uma peça de mau gosto, enganá-los, contrariá-los de propósito. Culpavam-no sobretudo pelo tempo que os fazia perder.

O genro perguntou:
– Que que nós vai fazê?
Ela não tinha a menor ideia. Respondeu:

– Isso tá é causando aborrecimento de verdade!

Agora já não era possível prevenir todos os convidados, que logo iriam chegar. Resolveram esperá-los para explicar a situação.

Quando faltavam mais ou menos dez para as sete, os primeiros apareceram. As mulheres de luto, com um grande véu na cabeça, chegavam com um ar triste. Os homens, desconfortáveis dentro de seus ternos de tecido, avançavam com mais resolução, de dois em dois, tratando de seus assuntos.

O sr. Chicot e a mulher, transtornados, os recebiam aos lamentos. Ao acolher o primeiro grupo, ambos começaram a chorar na mesma hora. Explicavam a história, contavam o inconveniente, ofereciam cadeiras, se remexiam, se desculpavam, queriam provar que todo mundo teria feito como eles, falavam sem parar, repentinamente tagarelas para que ninguém tivesse tempo de resposta.

Iam de uma pessoa a outra.

– Nós não imaginava: quem ia sonhá que guentaria tanto?

Os convidados, embaraçados, um pouco decepcionados, como pessoas que chegassem a uma cerimônia cancelada, não sabiam como agir e permaneciam sentados ou de pé. Alguns quiseram ir embora. O sr. Chicot os deteve:

– Seja como for, nós vai beliscá alguma coisa. Nós fez *douillons*. Vamo aproveitá.

Os rostos se iluminaram diante dessa perspectiva. As pessoas começaram a conversar em voz baixa. O pátio se enchia pouco a pouco e os que já se encontravam presentes davam a notícia aos recém-chegados. Os convivas cochichavam, a lembrança dos *douillons* alegrava todo mundo.

As mulheres entravam para olhar o moribundo. Persignavam-se ao lado da cama, balbuciavam uma prece e saíam. Menos ávidos de espetáculo, os homens só davam uma espiadinha pela janela, que estava aberta.

A sra. Chicot explicava a agonia:

– Tá dois dias assim, nem mais, nem menos, nem mais alto, nem mais baixo. Parece uma bomba sem água, né memo?

Depois de todos verem o moribundo, se pensou na comida. Porém, como o grupo era numeroso demais para ficar na cozinha, colocaram a mesa diante da porta. As quatro dúzias de *douillons*, dourados, apetitosos, atraíam os olhares, voltados para as duas grandes bandejas. Cada um estendia o braço para apanhar o seu, receando que não houvesse o suficiente. No entanto, sobraram quatro.

O sr. Chicot, de boca cheia, comentou:

– Se o pai nos visse ia ficá é triste. Ninguém gostava mais disso que ele, quando tava vivo.

Um lavrador gordo e jovial declarou:

– Mas agora ele num vai comê mais. Cada um tem sua hora.

Essa reflexão, longe de entristecer os convidados, pareceu alegrá-los. Era deles a hora de comer os *douillons*.

A sra. Chicot, desolada com os gastos, ia sem parar à adega buscar sidra. Uma atrás da outra, as jarras se seguiam e se esvaziavam. Agora davam risadas, falavam alto, começavam a gritar como se grita nos banquetes.

De repente uma velha lavradora – que ficara velando o moribundo, retida por um medo voraz daquilo que em breve ocorreria a ela própria – apareceu na janela e gritou com uma voz aguda:

– Se foi! Se foi!

Todos se calaram. As mulheres se levantaram de uma só vez para ir ver.

Estava morto, de fato. Tinha cessado o estertor. Os homens se miravam, baixavam os olhos, pouco à vontade. Não terminaram de mastigar os doces. Escolhera um mau momento, aquele velhaco.

Agora os Chicot não choravam mais. Havia acabado, eles estavam em paz. Repetiam:

– Nós sabia que isso não podia durá. Se ao menos tivesse escolhido a noite passada, num tinha dado todo esse aborrecimento.

Pouco importava. Havia acabado. Seria enterrado na segunda-feira, ponto final, e na ocasião comeriam outra vez *douillons*.

Os convidados se retiraram, papeando sobre a história, contentes de todo modo por presenciar aquilo e também por terem beliscado algo.

E quando marido e mulher ficaram a sós, frente a frente, ela disse, o rosto contraído de angústia:

– Bom, vai sê preciso é prepará mais quatro dúzias de doces! Se ele ao menos tivesse escolhido a noite passada.

E o marido, mais resignado, respondeu:

– Essa função num vai se repeti todos dias.

Um covarde

Era conhecido na alta-roda como o "belo Signoles". Ele se chamava visconde Gontran-Joseph de Signoles.

Órfão e dono de uma fortuna considerável, fazia bonito, como se diz. Tinha porte e distinção, lábia suficiente para fazer supor presença de espírito, certo encanto natural, um ar de nobreza e de soberba, o bigode destemido e o olhar amoroso, o que agradava as mulheres.

Era requisitado nos salões, procurado pelas valsistas e inspirava nos homens essa antipatia sorridente que se tem em relação às pessoas de semblante enérgico. Suspeitava-se de que tivera alguns amores capazes de fazer a fama de um solteiro. Vivia feliz, tranquilo, no bem-estar moral mais completo. Sabiam que se virava bem com a espada e melhor ainda com a pistola.

"Quando for duelar", dizia, "escolherei a pistola. Com essa arma, tenho certeza de matar meu homem."

Ora, como certa noite levasse ao teatro duas de suas amigas jovens, acompanhadas aliás por seus maridos, convidou-os depois do espetáculo para tomar sorvete no Café Tortoni. Já entraram havia alguns minutos quando ele percebeu que um senhor, sentado a uma mesa contígua, olhava com persistência para uma de suas vizinhas. Ela parecia incomodada, inquieta, e baixava a cabeça. Por fim, disse ao marido:

– Tem ali um homem que me olha com insistência. Eu não o conheço, e você?

O marido, que nada percebera, ergueu os olhos, mas declarou:

– Não, de modo algum.

A jovem senhora recomeçou, meio sorridente, meio ofendida:

– É muito desagradável. Esse sujeito está estragando o sabor do meu sorvete.

O marido deu de ombros:

– Chega! Ignore. Se fôssemos nos preocupar com todos os insolentes que cruzam nosso caminho, a coisa nunca teria fim.

Porém, o visconde havia se levantado bruscamente. Não podia admitir que aquele desconhecido estragasse o sabor de um sorvete que ele tinha oferecido. Era à sua pessoa que o insulto se endereçava, já que fora por e para ele que seus amigos entraram no café. O caso, portanto, não dizia respeito senão a ele.

Avançou para o homem e disse:

– O senhor tem uma maneira de olhar aquelas damas que eu não posso tolerar. Peço que tenha a gentileza de dar um fim a essa insistência.

O outro respondeu:

– O senhor trate de me deixar em paz.

Com os dentes cerrados, o visconde declarou:

– Tome cuidado, senhor, assim vai me obrigar a passar dos limites.

O senhor só respondeu uma palavra, uma palavra indecorosa que ecoou de um canto a outro do café e fez, como pelo efeito de um imã, cada um dos presentes realizar um movimento repentino. Todos os que estavam de costas se viraram; os demais levantaram a cabeça; três garotos giraram sobre seus calcanhares como piões; as duas atendentes do balcão tiveram um sobressalto, depois deram uma volta inteira de torso, como se fossem dois autômatos obedecendo à mesma manivela.

Um grande silêncio se fizera. Depois, de repente, um ruído seco estalou no ar. O visconde havia acertado uma bofetada em seu adversário. Todo mundo se levantou para apartar. Cartões de visita foram trocados.

Quando o visconde voltou para casa, caminhou durante alguns minutos a passos largos e ágeis pelo quarto. Estava agitado demais para fazer algum tipo de reflexão. Uma única ideia pairava em seu espírito – "um duelo" –, sem que essa ideia ainda despertasse nele qualquer sensação. Fizera o que deveria fazer; agira como deveria agir. Falariam dele, e o aprovariam, e o felicitariam. Ele repetia em voz alta, falando como falamos nos momentos de grande desordem do pensamento:

– Um bruto, aquele homem!

A seguir, sentou e se pôs a refletir. Precisava encontrar testemunhas pela parte da manhã. Quem escolheria? Procurava as pessoas mais estimadas e mais célebres de seu convívio. Decidiu enfim pelo marquês de La Tour-Noire e pelo coronel Bourdin; um fidalgo e um militar estava perfeito. Seus nomes figurariam nos jornais. Percebeu que tinha sede e bebeu três copos d'água seguidos; depois recomeçou a caminhar. Sentia-se cheio de energia. Se demonstrasse audácia e disposição para tudo, se exigisse condições severas, perigosas, e reivindicasse um duelo sério, seriíssimo, terrível, seu adversário provavelmente recuaria e pediria desculpas.

Apanhou outra vez o cartão de visita que havia tirado do bolso e jogado sobre a mesa e o releu como já fizera no café, com uma olhadela, e dentro do fiacre, à luz de cada lampião de gás, no caminho de volta para casa. "Georges Lamil, Rue Moncey, 51." Nada além disso.

Examinava aquelas letras reunidas que lhe pareciam misteriosas, carregadas de sentidos confusos: Georges Lamil? Quem era esse homem? O que fazia? Por que tinha olhado para a dama daquela maneira? Não era revoltante que um estranho, um desconhecido, viesse perturbar assim a vida de outrem, do nada, porque sentisse prazer de pregar com insolência os olhos sobre uma mulher? E o visconde repetiu mais uma vez, em voz alta:

– Um bruto!

Em seguida ficou parado e de pé, pensando, o olhar ainda cravado no cartão. Uma cólera nascia dentro dele contra aquele pedaço de papel, cólera odiosa a que se misturava um estranho sentimento de mal-estar. Aquela história era uma estupidez! Pegou um canivete aberto ao alcance da mão e o fincou no meio do nome impresso, como se apunhalasse alguém.

Então haveria de duelar! Escolheria a espada ou a pistola? Sim, pois se considerava o insultado. Com a espada, arriscava, mas com a pistola tinha a chance de fazer seu adversário recuar. É bastante raro que um duelo de espadas seja fatal, porque uma prudência recíproca impede os duelistas de se manterem próximos um do outro o suficiente para que uma ponta perfure profundamente. Com a pistola, corria sério risco de vida, mas também podia se retirar do conflito com todas as honras da situação e sem chegar a um embate.

Pronunciou:

– É preciso demonstrar firmeza. Ele ficará com medo.

O som de sua voz fez com que se sobressaltasse, e olhou em volta. Sentia-se muito nervoso. Bebeu outro copo d'água e começou a se despir para deitar.

Uma vez na cama, assoprou a vela e fechou os olhos.

Pensava: "Tenho todo o dia de amanhã para cuidar dos meus assuntos. Antes de mais nada, durmamos, para manter a tranquilidade".

Estava bem aquecido debaixo dos lençóis, mas não conseguia adormecer. Virava e se revirava, ficava cinco minutos deitado de costas, depois se mexia para o lado esquerdo, a seguir rolava para o direito.

Continuava com sede. Levantou-se para beber. Logo uma inquietação se apoderou dele: "Será que estou com medo?".

Por que seu coração se punha a bater ensandecidamente a cada barulho habitual do quarto? Toda vez que o pêndulo se preparava para soar, o pequeno rangido da mola que se ergue lhe provocava um sobressalto; e no instante seguinte ele precisava abrir a boca para respirar durante alguns segundos, a tal ponto permanecia sufocado.

Começou a ponderar com seus botões sobre a possibilidade da coisa: "Estarei com medo?".

Não, claro que não, ele não estava com medo, já que se dispunha a ir até as últimas consequências, já que tinha essa vontade bem determinada de duelar, de não tremer. Porém, sentia-se tão profundamente perturbado que se perguntou: "Podemos ter medo contra nossa vontade?".

E essa dúvida o invadiu, essa inquietação, esse pavor; se uma força mais poderosa do que sua vontade, dominadora, irresistível, o subjugasse, o que aconteceria? Sim, o que poderia acontecer? Com certeza iria ao local combinado, porque queria estar lá. Mas... e se tremesse? E se perdesse os sentidos? E pensou na sua situação, na sua reputação, no seu nome a zelar.

E de repente foi dominado por uma peculiar necessidade de se levantar para se olhar no espelho. Voltou a acender a vela. Quando percebeu seu rosto refletido no vidro liso, mal se reconheceu e teve a impressão de que nunca tinha se visto. Seus olhos lhe pareceram enormes; e ele estava pálido, por certo, estava pálido, muito pálido. Permanecia de pé diante do espelho. Colocou a língua para fora como para verificar seu estado de saúde e, de uma só vez, este pensamento o atingiu como uma bala: "Depois de amanhã, a esta mesma hora, talvez eu esteja morto".

E seu coração começou a bater como um tambor.

"Depois de amanhã, a esta mesma hora, talvez eu esteja morto. Esta pessoa diante de mim, este ser que vejo no espelho, não existirá mais. Como é possível?! Estou aqui me vendo, me sentindo vivo, e em 48 horas estarei deitado neste leito, morto, os olhos fechados, frio, inanimado, extinto."

Ele se virou para a cama e se viu com nitidez estendido, de barriga para cima, debaixo dos mesmos lençóis de onde acabara de sair. Tinha aquele rosto murcho que têm os mortos e aquela moleza das mãos que não mais voltarão a se mexer.

Então teve medo de seu leito e, para não vê-lo mais, passou ao salão dos fumantes. Apanhou maquinalmente um cigarro e o acendeu, retomando a caminhada. Sentia frio. Dirigiu-se para a campainha a fim de acordar seu criado de quarto, mas se deteve, a mão estendida em direção à cordinha: "Este homem vai notar que estou com medo".

E não tocou a sineta e acendeu a lareira pessoalmente. Suas mãos tremiam um pouco, um tremor nervoso, quando tocavam os objetos. Sua cabeça divagava; seus pensamentos desordenados se tornavam fugidios, bruscos, dolorosos; uma embriaguez lhe invadia o espírito, como se estivesse bêbado.

E sem parar ele se perguntava: "O que vou fazer? O que vai acontecer?".

Todo seu corpo palpitava, trespassado de sobressaltos sacudidos; levantou de novo e, se aproximando da janela, abriu as cortinas.

O dia nascia, um dia de verão. O céu cor-de-rosa cobria de rosa a cidade, os telhados e as paredes. Uma claridade suave e derramada, semelhante a uma carícia do sol nascente, envolvia o mundo desperto; e com essa luminosidade uma esperança alegre, efêmera, brutal, invadiu a alma do visconde! Estaria louco de ter se deixado abater assim pelo temor antes mesmo que algo estivesse decidido, antes que suas testemunhas tivessem se encontrado com as de Georges Lamil, antes que soubesse ao menos se ainda se bateria em duelo?

Ele se arrumou, se vestiu e saiu, com um passo decidido.

Repetia com seus botões, sempre caminhando: "Vou precisar ser enérgico, muito enérgico. Vou precisar provar que eu não tenho medo".

Suas testemunhas, o marquês e o coronel, colocaram-se à disposição e, depois de trocarem enérgicos apertos de mão, discutiram as condições.

O coronel perguntou:

– O senhor quer um duelo sério?

O visconde respondeu:

– Seriíssimo.

O marquês indagou:

– O senhor prefere pistola?

– Sim.

– O senhor nos deixa à vontade para arranjar o resto?

O visconde articulou as palavras com uma voz seca, entrecortada:

– Vinte passos, ao comando de fogo, levantando a arma em vez de abaixá-la. Troca de tiros até ferimento grave.

O coronel declarou com um tom satisfeito:

– São condições excelentes. O senhor atira bem, todas as probabilidades estão do seu lado.

E eles partiram. O visconde retornou para casa a fim de esperá-los. Sua agitação, atenuada por um momento, agora crescia a cada minuto. Sentia ao longo dos braços, ao longo das pernas, no peito, uma espécie de tremor, de vibração contínua; não podia ficar parado, nem sentado, nem de pé. Tinha a impressão de que não havia saliva em sua boca e fazia a todo instante um movimento ruidoso com a língua, como para desgrudá-la do palato.

Quis almoçar, mas não conseguiu comer. Então lhe ocorreu a ideia de beber para ganhar coragem e mandou trazer uma pequena garrafa de rum da qual sorveu seis copinhos a fio.

Um calor semelhante a uma queimadura o invadiu, logo seguido por uma tontura da alma. Pensou: "Encontrei o meio. Agora tudo está bem".

Entretanto, ao fim de uma hora, havia esvaziado toda a garrafa, e seu estado de agitação voltou a se tornar intolerável. Sentia uma necessidade insana de rolar no chão, de gritar, de morder. Caía a tarde.

O toque de campainha lhe provocou tanta asfixia que ele não teve forças de se levantar para receber suas testemunhas.

Não se atrevia nem sequer a falar com eles, a dizer "olá", a pronunciar uma única palavra, com receio de que adivinhassem tudo pela alteração em sua voz.

O coronel falou:

– Tudo está acertado conforme as condições que o senhor estabeleceu. Seu adversário começou reivindicando os privilégios de ofensa, mas cedeu quase no mesmo instante e aceitou todas as regras. As testemunhas dele são dois militares.

O visconde disse:

– Obrigado.

O marquês se manifestou:

– Desculpe a nossa pressa de só entrar e sair, mas temos ainda que nos encarregar de mil coisas. Vai ser preciso um bom médico, já que o combate não será interrompido antes de ferimento grave, e o senhor sabe que não se deve brincar com fogo. Vai ser preciso escolher o local, próximo de uma casa para levar o ferido se for necessário etc.; enfim, ainda vamos trabalhar nisso por duas ou três horas.

O visconde articulou uma segunda vez:

– Obrigado.

O coronel perguntou:

– O senhor está bem? Está calmo?

– Sim, calmíssimo, obrigado.

Os dois homens se retiraram.

Quando se viu de novo sozinho, teve a sensação de que estava enlouquecendo. Tão logo seu criado acendeu os candeeiros, ele se sentou à mesa para escrever cartas. Depois de traçar no alto de uma página "Este é meu testamento...", levantou-se de um salto e se afastou, sentindo-se incapaz de concatenar duas ideias, de tomar uma resolução, de decidir qualquer coisa.

Então haveria de duelar! Não podia mais evitar isso. O que afinal se passava dentro dele? Queria o duelo, tinha essa intenção e essa resolução determinadas com firmeza, e ainda assim, apesar de todo o esforço de seu espírito e de toda a disposição de sua vontade, sentia que não conseguiria sequer conservar a força necessária para ir até o local marcado. Tentava imaginar o combate, sua própria atitude e a postura de seu adversário.

De vez em quando, seus dentes se entrechocavam em sua boca com um pequeno ruído seco. Quis ler e pegou o código do duelo de Châteauvillard. Em seguida se perguntou: "Terá meu adversário frequentado clubes de tiro? Será famoso? Haverá algum registro? Como saber?".

Ele se lembrou do livro do barão de Vaux sobre os atiradores de pistola e o percorreu de cabo a rabo. Georges Lamil não era mencionado na obra. Porém, se o homem não fosse um atirador, teria por acaso concordado imediatamente com aquela arma perigosa e com aquelas condições letais?

Abriu de passagem uma caixa da fabricante de armas Gastinne Renette colocada sobre uma mesinha de centro e segurou uma das pistolas, depois se posicionou como para atirar e levantou o braço. No entanto, tremia da cabeça aos pés e o cano se movia em todas as direções.

Então, disse de si para si: "É impossível. Não posso duelar assim".

Olhava na ponta do cano o pequeno buraco negro e profundo que cospe a morte, pensava na desonra, nos burburinhos nas rodas, nos risos nos salões, no desprezo das mulheres, nas alusões dos jornais, nos insultos que os covardes lhe lançariam.

Continuava olhando a arma e, ao levantar o cão, viu de repente uma espoleta brilhar embaixo como uma pequena chama vermelha. A pistola permanecera carregada, por acaso por esquecimento. Ele experimentou uma alegria confusa, inexplicável.

Se não mantivesse diante do outro a postura nobre e calma exigida, estaria perdido para sempre. Ficaria maculado, marcado com um sinal de infâmia, banido da alta sociedade! E não teria essa postura tranquila e destemida, como sabia, como sentia. No entanto, era corajoso, já que queria duelar!... Era corajoso, já que... – o pensamento que lhe ocorreu nem chegou a se materializar em seu espírito; abrindo bem a boca, ele enfiou bruscamente, até o fundo da garganta, o cano de sua pistola e puxou o gatilho...

Quando o criado de quarto acudiu, atraído pelo estampido, o encontrou morto, deitado de costas. Um esguicho de sangue salpicara o papel branco sobre a mesa e deixava uma grande mancha vermelha por cima destas quatro palavras:

"Este é meu testamento".

O bêbado

I

O vento do norte soprava tempestuosamente, levando pelo céu enormes nuvens de inverno, carregadas e escuras, que ao passar sobre a terra lançavam furiosos temporais.

O mar agitado rugia e sacudia a costa, atirando para a praia ondas enormes, vagarosas e espumosas, que rebentavam como detonações de artilharia. Elas vinham com toda brandura, umas atrás das outras, altas como montanhas, se esparramando no ar com as rajadas, a espuma branca de suas cristas como suor de monstros.

O ciclone se precipitava para o pequeno vale de Yport, assobiava e gemia, arrancando os telhados de ardósia, quebrando as persianas, derrubando as chaminés, lançando pelas ruas rajadas de vento tão fortes que só era possível caminhar se agarrando às paredes e que ergueriam as crianças como folhas e as arremessariam aos campos por cima de suas casas.

Haviam recolhido os barcos de pesca para a terra, com receio do mar que varreria a praia na maré alta, e alguns marinheiros, escondidos atrás do casco arredondado das embarcações viradas, contemplavam essa cólera do céu e da água.

Pouco a pouco se retiravam, pois a noite caía sobre a tempestade, cobrindo de escuridão o oceano revolto e todo o estrondo dos furiosos elementos.

Dois homens tinham permanecido, as mãos nos bolsos, as costas curvadas sob a borrasca, o gorro de lã enfiado até as sobrancelhas, dois grandes pescadores normandos, com barba rude de uma orelha a outra, a pele curtida pelas rajadas salgadas do alto-mar, os olhos azuis picados de um grande negro no meio, esses olhos penetrantes dos marujos que enxergam no fim do horizonte, como uma ave de rapina.

Um deles dizia:

– Vamo, se mexe, Jérémie. Vamo passá o tempo nos dominós. Pó deixá que é por minha conta.

O outro ainda hesitava, tentado pelo jogo e pela cachaça, sabendo que se embebedaria outra vez se entrasse no Paumelle, contendo-se também pela lembrança de sua mulher sozinha em casa.

Perguntou:

– É de se pensá que você fez uma promessa de me arrastá todas as noites. Diz pra mim que que você ganha com isso, já que sempre paga?

E mesmo assim ria ao pensar em toda aquela cachaça tomada à custa do outro, um riso contente de normando privilegiado.

Mathurin, seu camarada, o puxava sempre pelo braço.

– Vamo, se mexe, Jérémie. Né noite de voltá pra casa sem algo quente dentro da barriga. Tá com medo do quê? Sua mulher não vai tá esquentando a cama pra você?

Jérémie respondia:

– Noutra noite não consegui encontrá a porta... Quase me pescaram na valeta de frente de casa!

E ria de novo diante dessa recordação de borracho e seguia sem pressa alguma rumo ao bar do

Paumelle, cuja vidraça iluminada brilhava; e seguia, arrastado por Mathurin e impelido pelo vento, incapaz de resistir a essas duas forças.

A sala de pé-direito baixo estava lotada de marujos, de fumaça e de gritos. Todos aqueles homens, vestindo roupas de lã e com os cotovelos sobre as mesas, vociferavam para se fazerem ouvir. Quanto mais pinguços entravam, tanto mais era preciso berrar na algazarra das vozes e dos dominós jogados sobre o mármore na intenção de fazer mais barulho ainda.

Jérémie e Mathurin foram se sentar em um canto e começaram uma partida, de modo que os copinhos sumiam um atrás do outro no abismo de suas gargantas.

Depois jogaram outras partidas, beberam outros copinhos. Mathurin servia sempre, dando uma piscadinha para o patrão – um homem gordo, tão vermelho como o fogo e que ria como se soubesse de alguma grande trapaça –, enquanto Jérémie engolia o álcool, balançava a cabeça, soltava risadas semelhantes a rugidos, olhando seu compadre com um ar estúpido e contente.

Todos os fregueses começavam a ir embora. Cada vez que um abria a porta para sair, uma lufada de vento entrava pelo bar, remexia tempestuosamente a espessa fumaça dos cachimbos, balançava os candeeiros presos na ponta das pequenas correntes e fazia as chamas vacilarem; e de repente dava para ouvir o choque profundo de uma onda se quebrando e o grito da borrasca.

Jérémie, com a gola aberta, fazia poses de bebum, uma perna estendida, um braço caído; e com a outra mão segurava as peças de dominó.

Agora estavam sozinhos com o patrão, que se aproximara, cheio de interesse.

Ele perguntou:

– Como é, Jérémie, tá tudo em ordem do lado de dentro? Matô a sede de tanto encharcá?

E Jérémie gaguejava:

– Mais desce, mais fica seco lá dentro.

O dono do bar olhava Mathurin com um ar de espertalhão. Questionou:

– E seu irmão, Mathurin? Onde que ele tá numa hora dessas?

O marujo deu uma risada surda:

– Tá no quentinho, preocupa não.

E os dois olharam Jérémie, que lançava triunfalmente o seis-seis anunciando:

– Chegô o síndico.

Quando terminaram a partida, o patrão declarou:

– Sabe, rapazes, vou me esticá. Vou deixá um candeeiro e mais um litro. Deixem vinte soldos a bordo. Você vai fechá a porta, Mathurin, e jogá a chave por baixo da persiana como fez na outra noite.

Mathurin respondeu:

– Tem problema não. Tá combinado.

Paumelle apertou a mão de seus dois fregueses tardios e subiu pesadamente a escada de madeira. Durante alguns minutos, seu passo sobrecarregado ressoou na pequena casa, depois um rangido alto revelou que ele acabava de se deitar.

Os dois homens continuaram jogando. De vez em quando, com um furor mais forte, o ciclone balançava a porta, fazia as paredes tremerem e os dois beberrões erguerem a cabeça como se alguém fosse entrar. Dali a pouco Mathurin pegava o litro e enchia o copo de Jérémie. No entanto, de repente, o relógio suspenso acima do balcão deu meia-noite. Sua badalada rouca lembrava um choque de panelas, e as batidas vibravam por muito tempo com uma sonoridade de ferro-velho.

De imediato Mathurin se levantou, como um marujo que terminou uma tarefa.

– Vamo, Jérémie, é preciso se mandá.

O outro se pôs em movimento com mais dificuldade, utilizando a mesa para se equilibrar; depois chegou à porta e a abriu, enquanto seu camarada apagava o candeeiro.

Já na rua, Mathurin fechou o botequim e disse:

– Então boa noite e té amanhã.

E desapareceu nas trevas.

II

Jérémie deu três passos, depois vacilou, estendeu as mãos, encontrou uma parede para se apoiar e se manter de pé e começou a caminhar, tropeçando. De vez em quando uma borrasca se infiltrava pela rua estreita, o jogava para frente, fazendo avançar alguns passos; a seguir, quando a violência da rajada tinha fim, ele parava no mesmo instante, tendo perdido o empurrãozinho, e voltava a oscilar sobre suas pernas cambaleantes de embriaguez.

Seguia por instinto rumo a sua casa, como os pássaros que voltam ao ninho. Enfim, reconheceu sua porta e começou a tateá-la para descobrir a fechadura e colocar a chave dentro. Não encontrava o buraco e blasfemava a meia-voz. Foi quando bateu com os punhos cerrados, chamando a esposa para vir ajudá-lo:

– Mélina?! Ô, Mélina?!

Como se apoiasse sobre o batente para não cair, este cedeu, se abriu, e Jérémie, perdendo o apoio, entrou desabando, caiu de cara no meio da casa e sentiu que algo pesado passava sobre seu corpo, antes de se evaporar na noite.

Ele já não se mexia mais, aturdido de pavor, fora de si, morrendo de medo do diabo, das almas penadas, de todas as coisas misteriosas das trevas, e por isso demorou muito tempo sem arriscar um único movimento. Porém, como viu que nada mais se movimentava, recobrou um pouco de razão, de discernimento confuso de borracho.

E sentou-se, pianinho. Esperou ainda muito tempo e, se encorajando enfim, chamou:

– Mélina?!

Sua mulher não respondeu.

Então, como um raio, uma dúvida atravessou seu cérebro anuviado, uma dúvida imprecisa, uma suspeita vaga. Ele não se mexia: continuava ali, sentado no chão, no escuro, concatenando as ideias, se agarrando a reflexões incompletas e trôpegas como seus pés.

Perguntou de novo:

– Diz pra mim quem que era, Mélina? Diz pra mim quem que era. Não vou te fazê nada.

Esperou. Da escuridão não surgiu resposta alguma. Agora ele pensava em voz alta:

– Seja como for, eu tô bêbado! Eu tô bêbado! Foi ele que me embebedou assim, aquele patife. Por causa dele que não voltei. Tô bêbado!

E prosseguia:

– Diz pra mim quem que era, Mélina, ou vou fazê alguma bobagem.

Depois de ter esperado outra vez por uma resposta, continuou, com uma lógica lenta e obstinada de homem embriagado:

– Foi ele que me segurô no bar daquele vagabundo do Paumelle. E também nas outras noites, pra mim não voltar. Não passa dum cúmplice. Ah, maldito!

Lentamente se ajoelhou. Uma cólera surda o invadia, misturando-se à fermentação das bebidas.

Repetiu:

– Diz pra mim quem que era, Mélina, ou vou te arrebentá, já aviso.

Agora estava de pé, tremendo de uma cólera fulminante, como se o álcool que trazia dentro do corpo tivesse inflamado suas veias. Deu um passo, esbarrou em uma cadeira, se apoderou dela, continuou caminhando, encontrou a cama e sentiu o corpo quente de sua mulher.

A essa altura, louco de raiva, grunhiu:

– Ah, você tava aí, piranha, e não me respondia?!

E, levantando a cadeira que segurava com sua robusta mão de homem do mar, a desceu com uma fúria exasperada. Um grito brotou da cama, um grito desvairado, dilacerante. Então ele começou a bater como um camponês com a enxada. E logo nada mais se mexeu. A cadeira se espatifara pelo ar em pedaços, mas um pé dela permanecia em sua mão e ele continuava batendo, ofegante.

Depois, de repente, parou para perguntar:

– Agora você vai dizê pra mim quem que era?

Mélina não respondeu.

Ao que, morto de cansaço, atordoado pela violência, tornou a sentar no chão, se espichou e adormeceu.

Quando o dia nasceu, um vizinho, ao ver a porta aberta, entrou. Deparou-se com Jérémie – que roncava no chão onde jaziam os destroços de uma cadeira – e, na cama, uma papa de carne e sangue.

Uma vendeta

A viúva de Paolo Saverini habitava sozinha com seu filho uma casinha pobre sobre os limites de Bonifacio. Erguida sobre uma saliência da montanha, suspensa mesmo em certos lugares acima do mar, a cidade olha, sobre o desfiladeiro eriçado de escolhos, a costa mais baixa da Sardenha. A seus pés, do outro lado, contornando-a quase por inteiro, uma fenda da falésia, que parece um gigantesco corredor, lhe serve de porto, levando às primeiras casas – uma vez transposto um longo percurso entre duas muralhas abruptas – os barquinhos de pesca italianos ou sardos e, a cada quinze dias, o velho vapor arquejante que faz o serviço da comunidade de Ajaccio.

Sobre a montanha branca, a porção de casas forma uma mancha mais branca ainda. Penduradas assim sobre o rochedo, assemelham-se a ninhos de pássaros selvagens, dominando a passagem terrível pela qual não se aventuram os navios. O vento, sem trégua, açoita o mar, castiga a costa despida, corroída por ele, mal coberta de grama. Ele se infiltra pelo desfiladeiro, destroçando suas duas margens. Os rastos de espuma pálida, agarrados às pontas escuras de incontáveis rochas que furam as ondas por todas as direções, lembram retalhos de vela flutuando e palpitando na superfície da água.

A casa da viúva Saverini, cravada às próprias margens da falésia, abria suas três janelas para esse horizonte selvagem e desolado.

Vivia ali, sozinha com seu filho Antoine e sua cadela Travessa, grande animal raquítico, de pelos longos e rudes, da raça dos guardadores de rebanho. Ela era útil ao rapaz no momento da caçada.

Em um cair de tarde, após uma discussão, Antoine Saverini foi morto traiçoeiramente com uma facada por Nicolas Ravolati, que na mesma noite foi para a Sardenha.

Quando a velha mãe recebeu o corpo de seu menino, trazido por quem ali passava, não chorou, mas ficou por muito tempo parada a mirá-lo. Em seguida, estendendo a mão enrugada sobre o cadáver, lhe prometeu vendeta. Não quis que ninguém permanecesse com ela e se fechou ao lado do corpo com a cadela, que uivava. Aquele animal uivava de modo contínuo, aprumado ao pé da cama, a cabeça levantada na direção do dono e o rabo preso entre as patas. Não se mexia, assim como a mãe, que, inclinada sobre o corpo, o olhar fixo, agora chorava grandes lágrimas silenciosas ao contemplá-lo.

O rapaz, de barriga para cima, vestido com seu casaco de pano grosso esburacado e rasgado na altura do peito, parecia dormir. Contudo, havia sangue por toda parte: na camisa retirada para os primeiros socorros, no colete, nas calças, no rosto, nas mãos. Havia coágulos na barba e nos cabelos.

A velha mãe começou a falar com ele. Ao ouvir aquela voz, a cadela se calou:

– Pode ir, pode ir, você será vingado meu amor, meu menino, meu pobre filhinho. Pode descansar, pode descansar, você será vingado, está ouvindo? Promessa de sua mãe! E você sabe bem que sua mãe sempre cumpre a palavra dada.

E lentamente ela se inclinou sobre ele, colando seus lábios frios sobre os lábios mortos.

Então Travessa recomeçou a gemer. Emitia uma longa lamúria monótona, dilacerante, horrível.

Ambas ficaram assim, a mulher e a cadela, até o amanhecer.

Antoine Saverini foi enterrado no dia seguinte e em pouco tempo não se falou mais dele em Bonifacio.

Ele não deixara nem irmão nem primos próximos. Homem algum estava ali para dar andamento à vendeta. Sozinha, a mãe pensava na desforra e envelhecia com ela.

Do outro lado do desfiladeiro, ela via de sol a sol um ponto branco sobre a costa, um pequeno vilarejo sardo, Longosardo, para onde correm os bandidos corsos perseguidos bem de perto. Povoam quase sozinhos o lugar, diante do litoral de sua pátria, e esperam ali o momento de voltar, para depois retornar para o refúgio. Era naquela cidadezinha, sabia ela, que Nicolas Ravolati se escondera.

Completamente só, sentada a sua janela durante todo o dia, olhava para aquele ponto sonhando com a vingança. Como faria ela sem ninguém, inválida, tão perto da morte? No entanto prometera, jurara diante do cadáver. Não podia esquecer, não podia esperar. O que faria? Não dormia mais à noite, não tinha mais nem repouso nem paz, procurava uma maneira, obstinada. A cadela a seus pés cochilava e, por vezes, levantando a cabeça, uivava ao longe. Desde que seu dono não estava mais ali, ela uivava muitas vezes daquela forma, como se o chamasse, como se sua alma animal, inconsolável, também tivesse guardado uma lembrança indelével.

Ora, certa noite, como Travessa se pusesse a gemer, a mãe de repente teve uma ideia, uma ideia primitiva, cruel e vingativa. Refletiu sobre aquilo a madrugada inteira, depois, de pé desde a alvorada, foi até a igreja. Rezou, prostrada sobre o chão, curvada diante de Deus, suplicando-lhe para ajudá-la, para ampará-la, para dar a seu pobre corpo decrépito a força necessária para vingar o filho.

Em seguida voltou para casa. Tinha no pátio um antigo barril avariado, com que recolhia água das goteiras. Colocou o objeto deitado no chão, o esvaziou, o prendeu com estacas e pedras, antes de acorrentar Travessa a essa casinha e entrar porta adentro.

Agora caminhava sem paz pelo quarto, o olhar pregado sempre na costa da Sardenha. Era lá que estava o assassino.

A cadela uivou todo o dia e toda a noite. De manhã, a velha lhe levou água em uma tigela e foi só: nada de sopa, nada de pão.

O dia morreu outra vez. Extenuada, Travessa dormia. Na manhã seguinte, tinha os olhos brilhantes, o pelo eriçado e forçava desesperadamente a corrente.

Como antes, a velha não lhe deu nada para comer. O animal, agora furioso, ladrava com uma voz rouca. Nova noite se passou.

Então, ao amanhecer, a mãe Saverini foi procurar um vizinho e implorar para que lhe desse duas medas de palha. Pegou velhos trapos que seu marido usava no passado e os forrou, a fim de simular um corpo.

Após fixar no chão uma vara em frente à casinha de Travessa, amarrou aquele espantalho, que desse modo parecia estar de pé. A seguir fez a cabeça com uma porção de velhos panos.

A cadela, surpresa, olhava para aquele homem de palha e se calava, embora morta de fome.

A essa altura, a velha foi comprar no açougue um grande pedaço de morcela. De volta, acendeu uma fogueira no pátio, ao lado da casinha, e assou a morcela. Ensandecida, Travessa saltava, espumava, os olhos cravados na grelha, cujo perfume lhe entrava focinho adentro.

Dali a pouco a mãe fez daquela papa fumegante uma gravata para o homem de palha, e a esqueceu por muito tempo em volta do pescoço, como para fazê-la impregnar dentro dele. Quando a função teve fim, soltou a cadela.

Com um pulo formidável, o animal atingiu a garganta do espantalho e, com as patas sobre os ombros, começou a devorá-la. A cadela caía com um pedaço da presa na boca, logo saltava de novo, cravava seus caninos nas cordas, arrancava alguns pedaços de carne, tornava a cair e a pular, incansável. Arrancava o rosto com grandes mordidas, deixava o pescoço inteiro em farrapos.

A velha, imóvel e calada, observava com o olhar iluminado. Depois prendeu outra vez seu animal, fez com que jejuasse mais dois dias e recomeçou o estranho ritual.

Durante três meses, ela acostumou sua cadela àquela espécie de luta, àquela alimentação conquistada à custa de mordidas. A velha já não acorrentava mais o animal, mas o atiçava com um gesto contra o espantalho.

Ensinara Travessa a triturá-lo, a devorá-lo, mesmo que comida alguma estivesse escondida na garganta dele. Ao que lhe dava como recompensa a morcela que assara.

Tão logo avistasse o homem de palha, a cadela estremecia, virava os olhos para a dona, que gritava "Pega!" com uma voz estridente, apontado o dedo.

Quando julgou que chegara a hora, a mãe Saverini foi se confessar e comungou em um domingo de manhã, com um fervor extático; a seguir, vestida com roupas de homem, parecendo um velho pobre e esfarrapado, negociou com um pescador sardo que a levou, junto com sua cadela, para o outro lado do desfiladeiro.

Carregava em uma sacola de tecido um grande pedaço de morcela. Travessa estava de jejum havia dois dias. A todo instante a velha fazia com que sentisse o cheiro do chouriço aromático e a atiçava.

Elas chegaram a Longosardo. A velha corsa caminhava mancando. Entrou em uma padaria e perguntou onde morava Nicolas Ravolati. Ele retomara sua antiga profissão de marceneiro. Trabalhava sozinho nos fundos de sua loja.

A velha empurrou a porta e chamou:

– Ei?! Nicolas?!

Ele se virou. Foi quando, soltando sua cadela, ela gritou:

– Pega, pega! Devora, devora!

Ensandecido, o animal saltou, abocanhou a garganta. O homem estendeu os braços, agarrou a cadela, rolou pelo chão. Durante alguns segundos se contorceu, batendo os pés no chão. Logo parou de se mexer, enquanto Travessa lhe rasgava o pescoço, arrancando-o em pedaços.

Sentados diante da soleira de suas portas, dois vizinhos se lembraram perfeitamente de ter visto um velho esfarrapado sair com um cachorro preto esquelético que, enquanto caminhava, comia algo escuro que seu dono lhe entregava.

Ao entardecer, a velha já estava em casa. Naquela noite dormiu bem.

Coco

Em todos os arredores, chamavam a propriedade rural dos Lucas de "a fazenda". Ninguém sabia explicar a razão. Provavelmente os trabalhadores do campo associavam à palavra "fazenda" uma ideia de riqueza e de imensidão, pois aquela herdade era sem sombra de dúvida a mais vasta, a mais opulenta e a mais organizada da região.

O pátio, imenso, cercado por cinco fileiras de árvores magníficas para proteger as atarracadas e delicadas macieiras do violento vento da planície, confinava amplas construções cobertas de telhas a fim de conservar a forragem e os grãos, belos estábulos feitos com sílex, cavalariças para trinta cavalos e uma moradia de tijolo vermelho, que lembrava um pequeno castelo.

Os adubos recebiam tratamento adequado, os cães de guarda moravam em casinhas, um bando de aves corria em torno da grama alta.

A cada meio-dia, quinze pessoas, senhores, criados e empregadas, tomavam seu lugar ao redor da grande mesa de cozinha, sobre a qual fumegava a sopa, em um grande vaso de faiança estampado de flores azuis.

Os animais – cavalos, vacas, porcos, carneiros – estavam gordos, cuidados e limpos; e o patrão Lucas, um homem alto que ganhava barriga, fazia sua ronda três vezes por dia, zelando tudo, pensando em tudo.

Por caridade, no fundo da cavalariça, era mantido um cavalo branco extremamente velho que a dona queria alimentar até a morte natural, porque ela o havia criado, cuidado sempre, e porque lhe trazia lembranças.

Um serviçal de quinze anos, cujo nome era Isidore Duval, mas a quem chamavam simplesmente de Zidore, tomava conta daquele inválido: durante o inverno lhe dava seu quinhão de aveia e sua forragem, e no verão, quatro vezes por dia, devia conduzi-lo até o declive da colina, onde o amarrava para que tivesse capim fresco em abundância.

Quase entrevado, o animal levantava com dificuldade suas pesadas pernas, dilatadas nos joelhos e inchadas acima dos cascos. Seus pelos, nos quais ninguém passava mais a almofaça, lembravam cabelos brancos, e os enormes cílios davam a seus olhos um ar triste.

Quando Zidore o levava para pastar, precisava puxar pela corda, a tal ponto o animal caminhava devagar; e o rapaz, curvado, ofegante, praguejava contra ele, exasperando-se por ter de cuidar daquele cavalo velho.

Ao ver aquela cólera do serviçal contra Coco, a criadagem da herdade se divertia, falava sem parar do cavalo a Zidore, para tirar do sério o garoto. Seus amigos zombavam dele. Era conhecido no vilarejo como Coco-Zidore.

O garoto se enfurecia, sentindo nascer dentro de si o desejo de se vingar do cavalo. Era um menino esquelético de pernas grandes, muito sujo, coberto de uma cabeleira ruiva, densa, dura e arrepiada. Parecia idiota, falava gaguejando, com infinita dificuldade, como se as ideias não pudessem se formar em sua pesada alma de bruto.

Já havia muito que se espantava que cuidassem de Coco, indignando-se por ver que esbanjavam dinheiro com aquele animal inútil. A partir do momento que este não trabalhava mais, parecia-lhe injusto alimentá-lo, parecia-lhe revoltante desperdiçar aveia, a aveia que custava tão caro, com aquele paralítico caco velho. E até muitas vezes, a despeito das ordens do patrão Lucas, ele economizava na ração do cavalo, só lhe dando uma meia porção, reduzindo a palha da baia e o feno. E um ódio crescia em seu espírito confuso de garoto, um ódio de camponês de ravina, de camponês dissimulado, feroz, brutal e covarde.

Quando chegou o verão, ele precisava *mudar de lugar* o animal em seu declive. Era longe. O serviçal, a cada manhã mais furioso, partia com seu passo pesado através dos trigais. Os homens que trabalhavam nas terras gritavam para ele, por gracejo:

— Ei, Zidore, mande meus cumprimentos a Coco.

Ele não respondia mas, de passagem, quebrava um pedaço de galhinho e, tão logo mudasse de lugar a amarra do velho cavalo, o deixava começar a pastar; a seguir, se aproximando traiçoeiramente, açoitava os curvilhões do animal. Este tentava fugir, dar coices, escapar das chicotadas, e dava voltas em torno da estaca de sua corda como se estivesse preso a uma pista. O garoto batia nele com raiva, correndo atrás dele, furioso, mostrando os dentes de cólera.

Depois saía lentamente, sem se virar, enquanto o cavalo o observava partir com seu olhar de velho, o lombo saliente, ofegante por ter trotado. Só baixava a cabeça ossuda e branca à grama após ver sumir no horizonte distante o casaco azul do jovem camponês.

Como as noites eram quentes, deixavam agora Coco dormir fora da cavalariça, lá, à beira do barranco, atrás do bosque. Zidore era o único que ia vê-lo.

O garoto se divertia lhe atirando pedras. Sentava-se a dez passos do cavalo, sobre uma escarpa, e ficava assim uma meia hora, lançando de vez em quando um seixo cortante no débil cavalo, que permanecia de pé, amarrado diante de seu inimigo e o observando o tempo todo, sem se atrever a pastar antes que Zidore tivesse saído.

E o mesmo pensamento permanecia arraigado no espírito do serviçal: "Por que alimentar este cavalo que não serve para mais nada?". Tinha a impressão de que aquele animal desprezível roubava a comida dos outros, roubava o dinheiro dos homens, o bem do bom Deus, roubava também ele próprio, Zidore, que trabalhava.

Então, aos poucos, todos os dias, o garoto foi diminuindo a faixa de pasto que lhe dava, avançando para isso a estaca de madeira que prendia a corda.

O animal jejuava, emagrecia, definhava. Fraco demais para romper sua amarra, estendia a cabeça para a grama verde e reluzente, tão próxima, e cujo aroma lhe chegava sem que pudesse tocar nela.

Contudo, certa manhã, Zidore teve uma ideia: a de não mudar mais Coco de lugar. Já estava farto de ir tão longe por causa daquela carcaça.

Veio, no entanto, para saborear sua vingança. Inquieto, o animal o olhava. Zidore não bateu nele naquele dia. Ele rondava, as mãos no bolso. Até fingiu trocá-lo de lugar, mas enterrou a estaca exatamente no mesmo buraco e se foi, maravilhado com sua invenção.

O cavalo, ao vê-lo partir, relinchou para chamá-lo. Porém, o serviçal começou a correr o deixando só, completamente só, em seu pequeno vale, bem amarrado e sem uma folha de grama ao alcance da boca.

Esfomeado, o bicho tentou alcançar a copiosa verdura que tocava com a ponta de suas ventas. Ele se ajoelhou, estendendo o pescoço, esticando seus grandes lábios babosos. Em vão. Durante todo o dia, o velho animal se consumia em esforços inúteis, esforços terríveis. A fome o devorava, ainda mais monstruosa pela visão de todo o verdor do pasto que se espalhava pelo horizonte.

O serviçal não voltou aquele dia. Perambulou pelos bosques para encontrar ninhos.

Reapareceu no dia seguinte. Extenuado, Coco se deitara. Ergueu-se ao perceber o menino, esperando enfim ser trocado de lugar.

Porém, o pequeno camponês nem sequer tocou no malho jogado na relva. Aproximou-se, olhou o animal, atirou em seu focinho um torrão que se espatifou no pelo branco e saiu, assobiando.

O cavalo permaneceu de pé enquanto ainda conseguia vê-lo. Em seguida, sentindo que suas tentativas para esperar a grama à sua volta seriam inúteis, se estendeu de lado e fechou os olhos.

No dia seguinte, Zidore não veio.

Quando no outro dia ele se aproximou de Coco ainda estendido, percebeu que estava morto.

Então permaneceu de pé, contemplando-o, contente por seu trabalho, ao mesmo tempo admirado de que aquilo já tivesse acabado. Tocou-o com o pé, levantou uma de suas pernas, depois a deixou cair, sentou em cima e permaneceu ali, com os olhos cravados no capim e sem pensar em nada.

Retornou à herdade, mas nada comentou sobre o acidente, pois queria perambular ainda nas horas em que, de costume, ia mudar o cavalo de lugar.

Foi vê-lo no dia seguinte. Corvos voaram diante da sua aproximação. Incontáveis moscas passeavam sobre o corpo sem vida e zuniam ao redor.

Ao regressar, ele anunciou o ocorrido. O animal era tão velho que ninguém ficou surpreso. O patrão disse a dois criados:

– Peguem suas pás. Vocês vão fazer uma cova lá onde ele está.

E os homens enterraram o cavalo no exato local em que ele havia morrido de fome.

E a grama vicejou em abundância, verdejante, vigorosa, alimentada pelo pobre corpo.

A MÃO

Os convivas formavam uma roda em volta do sr. Bermutier, juiz de instrução, que dava sua opinião acerca do misterioso caso de Saint-Cloud. Havia um mês que aquele inexplicável crime causava espanto em Paris: ninguém conseguia entender nada.

De pé, as costas contra a lareira, o sr. Bermutier falava, reunia as provas, discutia os diversos pontos de vista mas não chegava a uma conclusão.

Várias mulheres tinham se levantado para chegar perto e permaneciam de pé, o olhar fixo no rosto barbeado do magistrado, de onde saíam graves palavras. As damas estremeciam, vibravam, crispadas pelo medo curioso, pela ávida e insaciável necessidade de pavor que atormenta suas almas, as tortura como a fome.

Uma delas, mais pálida do que as outras, pronunciou durante um intervalo de silêncio:

– É terrível. Isso beira o "sobrenatural". Nunca saberemos de nada.

O magistrado se virou para ela:

– Sim, senhora, é provável que nunca saibamos de nada. Quanto à palavra "sobrenatural", que acabou de empregar, não tem cabimento algum aqui. Estamos diante de um crime muito bem concebido, muito bem executado, tão envolto em mistério que não podemos dissociá-lo das circunstâncias impenetráveis que o cercam. Mas no passado eu já estive às voltas com um caso que realmente parecia envolver algo de fantástico. Aliás, foi preciso abandoná-lo por falta de meios para esclarecê-lo.

Muitas mulheres pronunciaram ao mesmo tempo, tão rápido que suas vozes formaram uma só:

– Oh! Conte essa história.

O sr. Bermutier sorriu com gravidade, como deve sorrir um juiz de instrução. Recomeçou:

– Não vão pensar que eu tenha, sequer por um instante, suposto algo além da natureza humana por trás dessa história. Só acredito em causas naturais. Mas se, em vez de empregarmos a palavra "sobrenatural" para expressar o que não compreendemos, utilizássemos simplesmente a palavra "inexplicável", cairia muito melhor. De qualquer maneira, são sobretudo as circunstâncias que rodeiam o caso que vou lhes contar, as circunstâncias preparatórias, que mexeram comigo. Enfim, aos fatos.

Eu era então juiz de instrução em Ajaccio, uma pequena cidade branca, estendida à beira de um admirável golfo cercado por todos os lados de altas montanhas.

O que acima de tudo eu precisava acompanhar lá eram os casos de vendeta. Existem muitos tipos: os extraordinários, os mais dramáticos possíveis, os ferozes, os heroicos. Encontramos ali os mais "belos" motivos de vingança que se possa imaginar, os ódios de séculos, apaziguados por um momento, jamais extintos, os ardis abomináveis, os assassinatos que se tornam massacres e quase façanhas gloriosas. Havia dois anos que ouvia falar apenas do preço do sangue, dessa terrível intransigência corsa que obriga a reparar qualquer injúria contra a pessoa que a cometeu, contra seus descendentes e próximos. Tinha visto a degola de velhos, de crianças, de primos, tinha a mente repleta dessas histórias.

Ora, certo dia soube que um inglês acabava de alugar por diversos anos uma casinha no fundo do golfo. Trouxera consigo um criado francês, apanhado de passagem em Marselha.

Logo todo mundo falava daquele peculiar personagem, que vivia sozinho em sua residência, não saindo senão para caçar e pescar. Não falava com ninguém, nunca ia à cidade e, a cada manhã, se exercitava durante uma ou duas horas, dando tiros de pistola e de carabina.

Lendas se formaram à sua volta. Disseram que era uma pessoa importante fugindo de sua pátria por razões políticas; tempos depois afirmaram que se escondia após ter cometido um crime monstruoso. Chegavam a citar circunstâncias particularmente abomináveis.

Em minha alçada de juiz de instrução, quis colher algumas informações sobre aquele homem, mas foi impossível descobrir algo. Ele se apresentava como Sir John Rowell.

Contentei-me então em vigiar de perto. Porém, na verdade, nada de suspeito me chamava a atenção no tocante a ele.

Ainda assim, como os rumores a seu respeito continuassem, crescessem, se tornassem gerais, resolvi tentar ver com meus próprios olhos aquele estrangeiro e comecei a caçar com regularidade nas cercanias de sua propriedade.

Esperei por muito tempo uma ocasião. Enfim ela se apresentou sob a forma de uma perdiz, que acertei e matei diante do nariz do inglês. Meu cão me trouxe a ave, porém, uma vez de posse da caça, fui me desculpar pelo inconveniente e suplicar para que Sir John Rowell aceitasse a perdiz morta.

Era um homenzarrão de cabelos vermelhos, de barba vermelha, muito alto, muito largo, uma espécie de Hércules plácido e educado. Não tinha a austeridade dita britânica e agradeceu com efusão minha delicadeza em um francês com sotaque da Grã--Bretanha. Ao fim de um mês, tínhamos conversado cinco ou seis vezes.

Por fim, em um entardecer, como eu passasse diante de sua porta, percebi que fumava seu cachimbo, montado em uma cadeira de seu jardim. Cumprimentei-o e ele me convidou para entrar e tomar um copo de cerveja. Não me fiz de rogado.

Recebeu-me com toda a meticulosa cortesia inglesa, falou com louvor da França, da Córsega, declarou que amava muito *esse* região e *esse* costa.

Então, tomando grandes precauções e demonstrando um vivíssimo interesse, fiz algumas perguntas sobre sua vida, seus projetos. Ele respondeu sem embaraço, contou que havia viajado muito, para a África, as Índias, a América. Acrescentou, rindo:

– Eu ter vivido muitas aventuras. Oh, yes!

A seguir voltei a falar de caçada e ele me forneceu os mais curiosos detalhes sobre a caça de hipopótamo, de tigre, de elefante e até de gorila.

Eu disse:

– Todos esses animais são temíveis.

Ele sorriu:

– Oh, no! O pior ser o homem – começou a rir de corpo e alma, uma risada agradável de inglês grande e contente. – Eu ter caçado muito homem também.

Dali a pouco falou de armas e me convidou a entrar em uma peça para me mostrar espingardas de diferentes sistemas.

A sala era forrada de preto, de seda preta bordada de ouro. Grandes flores amarelas corriam pelo estofado obscuro, brilhavam como fogo.

Ele anunciou:

– Ser uma tecido japonês.

No entanto, no meio do mais largo painel de parede, algo estranho atraiu meu olhar. Sobre um quadrado de veludo vermelho, um objeto preto se destacava. Aproximei-me: era uma mão, a mão de um homem. Não se tratava de uma mão de esqueleto, branca e limpa, mas de uma mão escura, ressequida, com as unhas amarelas, os músculos à vista e vestígios de sangue antigo, sangue semelhante a uma sujeira sobre os ossos cortados reto, como por uma machadada perto da metade do antebraço.

Em volta do punho, uma enorme corrente de ferro, presa com rebites, soldada àquele membro sórdido, fixava-o à parede por um elo forte o suficiente para manter um elefante amarrado.

Perguntei:

– O que é isso?

O inglês respondeu de modo tranquilo:

– Ser minha melhor inimigo. Vir da América. Ele ter sido cortado com o sabre e a pele arrancado com um pedra cortante e seco no sol durante oito dias. Oh, ótimo para mim, isso.

Toquei naquele toco humano que deveria ter pertencido a um colosso. Os dedos, desmedidamente longos, estavam presos por tendões enormes sustentados por tiras de pele aqui e ali. Aquela mão era assustadora de se ver. Esfolada assim, evocava naturalmente alguma vingança de selvagem.

Comentei:

– Esse homem devia ser muito forte.

O inglês pronunciou com brandura:

– Oh, yes! Mas eu ter sido mais forte que ele. Eu ter posto essa corrente para o segurar.

Pensei que estivesse brincando. Disse:

– Essa corrente agora é inútil, a mão não vai fugir.

Sir John Rowell respondeu com gravidade:

– Ela sempre querer fugir. Essa corrente ser necessário.

Com uma rápida olhadela, interpelei seu rosto, me perguntando: "Trata-se de um louco ou de um piadista de mau gosto?".

No entanto, o semblante permanecia impenetrável, tranquilo e benevolente. Mudei o rumo da prosa e fiquei admirando as espingardas.

Ainda assim notei que três revólveres carregados estavam à disposição sobre os móveis, como se aquele homem vivesse sob o constante temor de um ataque.

Voltei inúmeras vezes àquela casa. Com o tempo, não fui mais. Havíamos nos acostumado com a sua presença: ele se tornara indiferente a todos.

Um ano inteiro se passou. Ora, certa manhã, lá pelo fim de novembro, meu criado me acordou informando que Sir John Rowell fora assassinado durante a noite.

Uma meia hora depois eu adentrava a casa do inglês com o comissário-chefe e com o comandante da guarda. O serviçal, transtornado e desesperado, chorava diante da porta. No início suspeitei daquele homem, mas era inocente.

Nunca conseguimos encontrar o culpado.

Ao entrar na sala de Sir John, logo percebi o cadáver estendido de costas, no meio da peça.

O colete estava rasgado, uma manga arrancada pendia, tudo anunciava que ocorrera uma luta terrível.

O inglês morrera estrangulado! Seu rosto escuro e inchado, medonho, parecia exprimir um abominável terror; ele tinha algo entre seus dentes cerrados; e o pescoço, perfurado com cinco buracos que pareciam feitos com pontas de ferro, estava coberto de sangue.

Um médico se juntou a nós. Examinou por muito tempo os vestígios dos dedos na pele e emitiu estas estranhas palavras:

– Seria possível imaginar que foi estrangulado por um esqueleto.

Um calafrio correu pela minha espinha e lancei os olhos para a parede, para o lugar em que da outra vez vira aquela horrível mão esfolada. Ela não estava mais lá. A corrente, rebentada, pendia.

Então me abaixei até o morto e encontrei em sua boca crispada um dos dedos daquela mão desaparecida, cortado, ou melhor, serrado pelos dentes até a segunda falange.

Depois procedemos à averiguação. Nada foi descoberto. Nenhuma porta havia sido forçada, nenhuma janela, nenhum móvel. Os dois cães de guarda não tinham acordado.

Eis aqui, em poucas palavras, o depoimento do criado:

"Já fazia um mês que seu patrão parecia agitado. Vinha recebendo muitas cartas, que queimava conforme chegavam.

"Com frequência, pegando um chicote, em uma cólera que beirava a demência, açoitara com furor aquela mão ressequida, presa à parede e arrancada, sabe-se lá como, no exato instante do crime.

"Ele dormia muito tarde e se trancava com cuidado. Sempre tinha armas ao alcance das mãos. Algumas vezes, à noite, falava alto, como se estivesse discutindo com alguém."

Naquela noite, por acaso, não havia feito barulho algum, e foi apenas ao aparecer para abrir as janelas que o serviçal encontrara Sir John assassinado. Não desconfiava de ninguém.

Comuniquei o que sabia acerca do morto aos magistrados e aos oficiais da guarda, e se realizou uma investigação minuciosa por toda a ilha. Nada foi descoberto.

Ora, certa noite, após três meses do crime, fui vítima de um pesadelo assustador. Tive a impressão de que eu via a mão, a horrível mão, correr como um escorpião ou uma aranha ao longo das minhas cortinas e paredes. Por três vezes despertei e por três vezes tornei a dormir, por três vezes revi o hediondo toco galopar em torno do meu quarto, remexendo os dedos como patas.

No dia seguinte, me trouxeram a mão, encontrada no cemitério sobre o túmulo de Sir John Rowel, que fora enterrado na região, pois não tínhamos conseguido encontrar sua família. Faltava o indicador.

Essa é, senhoras, a minha história. Nada sei além disso.

Desconcertadas, as mulheres estavam pálidas, arrepiadas. Uma delas exclamou:

– Mas isso não é um desfecho nem uma explicação! Nós não vamos dormir se o senhor não nos disser o que aconteceu na sua opinião.

O magistrado sorriu com severidade:

– Ah, com certeza, senhoras, vou estragar seus doces sonhos. Acredito simplesmente que o legítimo proprietário da mão não estava morto e foi buscá-la com a que lhe restava. Mas não consegui saber como, por exemplo. Eis aí uma espécie de vendeta.

Uma das mulheres murmurou:

– Não, não deve ter sido assim.

E o juiz de instrução, sempre sorrindo, concluiu:

– Eu avisei que minha explicação não convenceria.

O MENDICANTE

Conhecera dias melhores, apesar de sua miséria e de sua invalidez.

Aos quinze anos, tivera as duas pernas esmagadas por uma carruagem na principal estrada de Varville. Desde aquele tempo, mendigava se arrastando ao longo dos caminhos, pelas cercas das propriedades rurais, balançando-se sobre suas muletas, que fizeram seus ombros subirem à altura das orelhas. Sua cabeça parecia cravada entre duas montanhas.

Menino encontrado em uma vala pelo pároco de Billettes, na véspera do Dia de Finados, e batizado por essa razão de Nicolas Toussaint, criado por caridade, alheio a qualquer instrução, estropiado depois de beber alguns copos de cachaça oferecidos, no intuito de umas boas risadas, pelo padeiro da cidade e desde então vagabundo, não sabia fazer nada além de estender a mão.

Nos tempos idos, a baronesa D'Avary lhe deixava para dormir uma espécie de casinha de cachorro repleta de palha, ao lado do galinheiro, em uma herdade contígua ao castelo: e ele tinha certeza, nos dias de grande fome, de encontrar sempre um pedaço de pão e um copo de sidra na cozinha. Muitas vezes também recebia algumas moedas atiradas pela velha dama do alto do alpendre ou das janelas de seu quarto. Agora ela havia morrido.

Nos vilarejos não lhe davam nada: era conhecido demais e as pessoas estavam cansadas dele, visto há quarenta anos levando para passear, de casebre em casebre, seu corpo disforme e em farrapos sobre duas patas de madeira. No entanto, ele não queria partir, porque não conhecia mais nada no mundo além daquele pedaço de terra, daqueles três ou quatro lugarejos por onde havia arrastado sua vida miserável. Estabelecera fronteiras para a mendicância e nunca teria transposto os limites que estava acostumado a não ultrapassar.

Ignorava se o mundo se estenderia mais adiante, para além das árvores que sempre delimitaram o alcance de sua visão. Nem se perguntava. E quando os lavradores, cansados de encontrá-lo dia após dia às margens de seus campos ou ao longo de suas divisas, gritavam "Por que c'ôce não vai pros otros vilarejo em vez de bater essas muletas sempre por aqui?", ele não respondia e se afastava, dominado por um medo vago do desconhecido, por um medo de pobre que teme confusamente mil coisas, os novos rostos, as injúrias, os olhares desconfiados das pessoas que não o conheciam e os guardas que andam em dupla pelas estradas e que o faziam mergulhar, por instinto, nos arbustos ou atrás dos amontoados de rochas.

Quando os avistava ao longe, reluzentes sob o sol, encontrava de repente uma agilidade singular, uma agilidade de bicho para encontrar algum esconderijo. Desabava de suas muletas, deixava-se cair como um trapo, rolava como uma bola, tornava-se pequeníssimo, invisível, agachado como uma lebre na toca, confundindo seus andrajos escuros com a terra.

No entanto, nunca tivera problema com eles. Contudo, carregava aquilo no sangue, como se tivesse recebido aquele temor e aquele ardil de seus pais, que não conhecera.

Não tinha refúgio, nem teto, nem casebre, nem abrigo. Dormia em qualquer canto no verão e, no inverno, se infiltrava pelos celeiros ou pelos estábulos com habilidade notável. Conhecia os buracos para penetrar nas construções e, como o manuseio das muletas conferisse um vigor surpreendente a seus braços, escalava só com a força dos punhos até os sótãos destinados a forragem e ali permanecia por vezes quatro ou cinco dias sem se mexer, quando havia recolhido em suas voltas provisões suficientes.

Vivia como os bichos dos bosques, no meio dos homens, sem conhecer ninguém, sem gostar de ninguém, não despertando nos camponeses senão uma espécie de desprezo indiferente e de hostilidade resignada. Haviam-no apelidado de "Sino" porque se balançava entre suas duas estacas de madeira como um sino nos suportes.

Havia dois dias que ele não comia. Ninguém lhe dava mais nada. Não estavam mais dispostos a aceitá-lo por fim. As camponesas, em suas soleiras, lhe gritavam de longe ao vê-lo se aproximar:

– Pode ir chispando, malandro! Tem nem três dias que te dei um pedaço de pão.

E ele rodopiava sobre suas muletas e chispava à casa vizinha, onde era recebido da mesma forma.

As mulheres declaravam, de porta em porta:
– Num dá pra gente alimentar esse desocupado o ano todo.

No entanto, o desocupado tinha necessidade de comer todos os dias.

Ele percorrera Saint-Hilaire, Varville e Billettes sem recolher um centavo ou uma casca de pão velho. Sua última esperança era Tournolles: mas precisaria enfrentar duas léguas pela estrada principal e ele se sentia cansado a ponto de não aguentar mais se arrastar, a barriga tão vazia quanto o bolso.

Ainda assim, pôs-se a caminho.

Era dezembro, um vento frio corria pelos campos, assobiava por entre os galhos nus; e as nuvens galopavam pelo céu baixo e sombrio, tendo pressa para chegar não se sabe aonde. O estropiado ia devagar, movimentando seus arrimos um após o outro com árduo esforço, se escorando na perna torta que lhe restava, terminada em um pé retorcido e calçado com um trapo.

De vez em quando, sentava-se às margens da estrada e descansava alguns minutos. A fome espalhava uma aflição em sua alma confusa e pesada. Ele só tinha um pensamento: "comer", mas não sabia como.

Durante três horas, penou ao longo da via; a seguir, quando vislumbrou as árvores do vilarejo, apressou seus movimentos.

O primeiro camponês que encontrou, e a quem pediu esmola, respondeu:

– De novo ocê por aqui, velho aproveitador?! Quer dizer que nós não vai nunca se livrar d'ôce?

E Sino se afastou. De porta em porta foi destratado, mandado embora sem receber nada. Não obstante, continuava suas voltas, paciente e obstinado. Não recolheu um centavo.

Então visitou as herdades, perambulando pelas terras fofas da chuva, tão extenuado que não podia mais levantar suas muletas. Enxotaram-no em todos os lugares. Era um daqueles dias frios e tristes em que os corações se fecham, em que os espíritos se irritam, em que a alma está sombria, em que a mão não se estende nem para dar nem para socorrer.

Quando terminou de visitar todas as casas que conhecia, foi cair no canto de uma divisória, ao longo do pátio do proprietário Chiquet. Ele se desenganchou, como diziam para expressar o modo como se deixava cair entre suas altas muletas ao fazê-las escorregar debaixo de seus braços. E ficou muito tempo imóvel, devorado pela fome, mas bruto demais para penetrar sua insondável miséria.

Ele esperava sabe-se lá o quê, com essa vaga expectativa que reside constantemente em nós. Esperava no canto daquele pátio, sob o vento gelado, a ajuda misteriosa que a gente sempre espera do céu ou dos homens, sem perguntar como, nem por quê, nem por quem ela poderia chegar. Um bando de galinhas pretas passava, buscando a vida na terra que alimenta todos os seres. A todo instante elas bicavam um grão ou um inseto invisível, depois continuavam sua procura lenta e certa.

Sino as olhava sem pensar em nada; logo lhe veio, mais à barriga do que à mente, a sensação, mais do que a ideia, de que seria bom comer um daqueles animais grelhado nas brasas de uma fogueira.

Nem lhe ocorreu a suspeita de que cometeria um roubo. Pegou uma pedra ao alcance da mão e, como fosse hábil, ao atirá-la matou no mesmo instante o animal mais próximo dele. A ave caiu de lado, remexendo as asas. As outras fugiram, equilibradas em suas patas finas, e Sino, escalando de novo suas muletas, se pôs a caminho para recolher sua caça, com movimentos semelhantes aos das galinhas.

Como chegasse perto do corpinho preto manchado de vermelho na cabeça, ele recebeu um terrível empurrão nas costas, que lhe fez soltar suas estacas e rolar dez passos para frente. E o sr. Chiquet, exasperado e se precipitando sobre o larápio, o encheu de pancadas, batendo como um condenado, como bate um camponês roubado, com os punhos e os joelhos por todo o corpo do inválido, que não podia se defender.

Os empregados da herdade, que por sua vez chegavam, se juntaram ao patrão para espancar o mendigo. Em seguida, quando ficaram esbaforidos de tanto bater, o ergueram e o levaram e o fecharam no depósito de lenhas enquanto iam procurar os guardas.

Sino, meio morto, sangrando e corroído de fome, ficou estendido no chão. O sol se pôs e a noite e a aurora. Ele não havia comido.

Lá pelo meio-dia os guardas apareceram e abriram a porta com cautela, aguardando uma resistência, pois o sr. Chiquet alegava ter sido atacado pelo mendicante e só se defendido a muito custo.

O chefe da guarda gritou:
– Vamos, de pé!

Porém, Sino não podia mais se mexer. Bem que tentou se alçar sobre as muletas, mas não conseguiu. Imaginaram uma dissimulação, um ardil, uma má vontade do malfeitor, e os dois homens armados, o maltratando, o agarram e o enterraram à força entre suas estacas.

O medo se apoderara dele, aquele medo inato das fardas, aquele medo da caça diante do caçador, do rato diante do gato. E, através de um esforço sobrenatural, ele conseguiu ficar de pé.

– Ande! – disse o chefe da guarda.

Ele começou a andar. Toda a criadagem da propriedade o olhava partir. As mulheres lhe mostravam o punho fechado; os homens troçavam, insultavam-no: enfim fora pego! Que alívio!

Ele se afastou entre os dois guardas. Encontrou a energia desesperada de que precisava para se arrastar ainda até o entardecer, aturdido, sem sequer saber o que lhe acontecia, assustado demais para compreender qualquer coisa.

As pessoas que encontravam no caminho paravam para vê-lo passar, e os camponeses murmuravam:

– Deve dissê algum ladrão!

Lá pela noite chegaram à sede da divisão administrativa do cantão. Ele nunca fora tão longe. Não fazia ideia alguma do que se passava, nem do que podia ocorrer em seguida. Todas aquelas coisas terríveis, inesperadas, aquelas caras e casas novas o consternavam.

Como nada tivesse a dizer, não pronunciou uma palavra, pois não compreendia mais nada. Aliás, havia tantos anos que não falava com ninguém que quase perdera o uso da língua; e também seu pensamento estava demasiado confuso para formular palavras.

Fecharam-no na prisão do burgo. Os guardas não pensaram que ele poderia ter necessidade de comer e se esqueceram dele até o dia seguinte.

No entanto, quando voltaram para interrogá-lo, nos primeiros raios do alvorecer, encontraram-no morto sobre o chão. Que surpresa!

Um parricídio

O advogado de defesa alegara loucura. Como explicar de outra forma aquele estranho crime?

Certa manhã encontraram entre os juncos, perto de Chatou, dois cadáveres enlaçados. Um era de mulher, o outro de homem, duas personalidades conhecidas, ricas, já não muito jovens e recém-casadas, coisa do ano anterior, a mulher viúva havia apenas três anos.

Não tinham inimigos pelo que se sabia, nem foram roubados. Parecia que haviam sido jogados da ribanceira para o rio, depois de serem feridos, um após o outro, com uma comprida ponta de ferro.

A investigação não dera nenhum resultado. Os marinheiros interrogados nada sabiam. O caso seria abandonado quando um jovem marceneiro de um vilarejo vizinho, chamado Georges Louis, conhecido como Burguês, veio se entregar.

A todas as perguntas, respondia apenas:

– Há dois anos conhecia o homem, a mulher há seis meses. Eles me procuravam com frequência para reparar móveis antigos, porque sei fazer isso muito bem.

E quando indagavam:

– Por que os matou?

Respondia obstinadamente:

– Matei porque quis.

Não foi possível extrair mais nada.

Esse homem era provavelmente um filho bastardo, entregue no passado para alguém da região criar, depois abandonado. Não levava outro nome além de Georges Louis, mas, como ao crescer se tornasse inteligente de um modo singular, com maneiras e finesses inatas que seus camaradas não tinham, ganhou o apelido de Burguês e desde então só o chamavam dessa maneira. Tinha competência reconhecida na sua profissão de marceneiro. Fazia até um pouco de escultura em madeira. Também diziam que era muito exaltado, partidário de doutrinas comunistas e mesmo niilistas, grande leitor de romances de aventura e de dramas sangrentos, eleitor influente e hábil orador nas assembleias públicas de trabalhadores ou de camponeses.

O advogado de defesa alegara loucura.

Como seria possível admitir, de fato, que esse trabalhador tivesse assassinado seus melhores clientes, clientes ricos e generosos (como ele reconhecia), que fizeram com que recebesse, em dois anos, 3 mil francos por seu trabalho (como seus livros de registro provavam)? Só havia uma explicação: a loucura, a ideia fixa do plebeu que se vinga, através de dois burgueses, da burguesia inteira, e o advogado fez uma alusão sagaz a esse apelido de *burguês* dado pela gente do lugar àquele abandonado. Exclamava:

– Não se trata de uma ironia? E de uma ironia capaz de exaltar também esse rapaz infeliz que não tem nem pai nem mãe? Ele é um republicano ardoroso. O que digo? Que ele inclusive pertence a esse partido político que a República fuzilava e deportava há pouco tempo, que recebe hoje de braços abertos, a esse partido para o qual o incêndio é um princípio e o assassinato simplesmente um meio.

"Essas tristes doutrinas, aclamadas nos nossos dias em discussões públicas, foram a perdição desse homem. Ele ouviu republicanos, até mulheres, sim, mulheres!, pedirem o sangue do sr. Gambetta, o sangue do sr. Grévy; seu espírito enfermo naufragou; ele teve sede de sangue, de sangue burguês.

"Não é ele que deve ser condenado, senhores, é a Comuna!"

Correram murmúrios de aprovação. Havia o sentimento de que a causa fora ganha pelo advogado. A Promotoria não revidou.

Então o magistrado fez ao réu a pergunta de sempre:

– Acusado, tem algo a acrescentar em sua defesa?

O homem se levantou.

Era de pequena estatura, de um loiro de linho, com olhos acinzentados, fixos e claros. Uma voz forte, franca e sonora saía daquele rapaz frágil e mudava bruscamente, às primeiras palavras, a opinião que dele se fizera.

Falou em voz alta, em um tom de declamação, mas tão claro que as mais ínfimas palavras articuladas ressoavam até o fundo da grande sala:

– Meritíssimo, como não quero ir para um manicômio e prefiro até a guilhotina, vou contar tudo.

"Assassinei aquele homem e aquela mulher porque eram meus pais.

"Agora, ouçam e me julguem."

Uma mulher, tendo dado à luz um filho, o mandou a qualquer lugar para que alguém o criasse. Por acaso soube ela ao menos para que lugar seu cúmplice levou o pequeno ser inocente, mas condenado à perpétua miséria, à vergonha de um nascimento ilegítimo, mais do que isso, à morte, uma vez que abandonado, uma vez que a pessoa que ficou com o bebê, não recebendo mais a pensão alimentícia, poderia, como costuma acontecer, deixá-lo definhar, padecer de fome, morrer por abandono?

A mulher que me amamentou foi íntegra, mais íntegra, mais mulher, mais importante, mais mãe do que a minha mãe. Ela cuidou de mim. Errou, cumprindo seu dever. Melhor seria deixar perecer esses miseráveis atirados às periferias dos vilarejos como se atira lixo às ruas.

Cresci com a vaga impressão de que carregava em mim uma desonra. As outras crianças me apelidaram um dia de "bastardo". Nem sabiam o que significava essa palavra, ouvida por uma delas na casa dos pais. Também eu a desconhecia, mas sentia.

Posso dizer que era um dos mais inteligentes da escola. Teria sido um homem correto, meritíssimo, talvez um homem superior, se meus pais não houvessem cometido o crime de me abandonar.

Tal crime foi contra mim que cometeram. Fui a vítima, foram os culpados. Eu era indefeso, eles eram impiedosos. Deveriam me amar: me rejeitaram.

Devia a vida a eles – mas a vida é uma dádiva? A minha, em todo o caso, não passava de uma desgraça. Após ter sido vergonhosamente abandonado, não lhes devia mais nada além da vingança. Eles cometeram contra mim o ato mais desumano, mais infame, mais monstruoso que se pode cometer contra um ser humano.

Um homem afrontado bate; um homem roubado reconquista seus bens pela força. Um homem enganado, manipulado, martirizado, mata; um homem ultrajado mata; um homem desonrado mata. Fui mais roubado, enganado, martirizado, ultrajado moralmente, desonrado, do que todos aqueles cuja cólera os senhores absolvem.

Vinguei-me, matei. Era meu direito legítimo. Arranquei a vida deles em troca da vida horrível que me impuseram.

Os senhores vão falar de parricídio! Eram meus pais, esses dois para quem fui um fardo abominável, um terror, uma mancha de infâmia, essas duas criaturas para quem meu nascimento foi uma calamidade e minha vida uma ameaça de vergonha? Buscavam um prazer egoísta; tiveram um filho acidental. Então se livraram da criança. Chegou minha hora de pagar na mesma moeda.

E mesmo assim, ainda ultimamente, estava disposto a amá-los.

Lá se vão dois anos, como eu disse, que o homem, meu pai, entrou na minha marcenaria pela primeira vez. Eu não desconfiava de nada. Ele me encomendou dois móveis. Como soube mais tarde, ele havia colhido informações com o pároco. Em sigilo, claro.

Ele voltou seguidamente: me dava trabalho e pagava bem. Por vezes, até falava um pouco de coisas aleatórias. Sentia afeto por ele.

No começo do ano, trouxe sua mulher, minha mãe. Quando ela entrou, tremia tanto que pensei que padecesse de um distúrbio nervoso. Logo depois pediu uma cadeira e um copo d'água. Não disse nada, olhou os móveis com um ar alienado e só respondia "sim" e "não", a torto e a direito, a todas as perguntas que ele lhe fazia! Assim que foi embora, imaginei que era meio destrambelhada.

Ela retornou no mês seguinte. Estava calma, senhora de si. Naquele dia, os dois ficaram por muito tempo jogando conversa fora e me fizeram uma grande encomenda. Voltei a vê-la ainda três vezes, sem desconfiar de nada. Só que certo dia ela começou a perguntar sobre minha vida, minha infância, meus pais. Respondi:

– Meus pais, senhora, eram miseráveis que me abandonaram.

A essa altura ela levou a mão ao coração e caiu sem sentidos. Pensei no mesmo instante: "Ela é minha mãe", mas tive o cuidado de não deixar transparecer nada. Queria tornar a vê-la.

De minha parte, em todo caso, fui em busca de informações. Descobri que só tinham se casado recentemente, em julho do ano anterior, e que minha mãe se tornara viúva havia apenas três anos. Corriam boatos de que eram amantes quando o primeiro marido ainda estava vivo, mas não existia nenhuma prova. A prova, que no começo esconderam e em seguida esperavam destruir, a prova era eu.

Esperei. Ela reapareceu em um fim de tarde, sempre na companhia de meu pai. Naquele dia, parecia muito tocada, não sei por quê. Depois, no momento de ir embora, me disse:

– Quero bem ao senhor, porque me parece ter o semblante de um rapaz honesto e trabalhador. Com certeza pensará em se casar algum dia: quero ajudá-lo a escolher por livre e espontânea vontade a mulher certa. Eu mesma já fui obrigada a me casar a contragosto uma vez e sei o sofrimento que isso traz. Agora estou rica, sem filhos, livre, dona da minha fortuna. Está aqui o seu dote.

Estendeu-me um grande envelope fechado.

Olhei fixamente para ela e perguntei logo a seguir:

– A senhora é a minha mãe?

Ela deu três passos para trás e tapou os olhos com a mão para não me encarar mais. Ele, o homem, meu pai, a segurou nos braços e gritou:

– O senhor só pode ser louco!

Respondi:

– De jeito nenhum. Sei que são meus pais. Ninguém me engana assim. Confessem e manterei segredo. Não guardarei rancor. Continuarei o que sou, um marceneiro.

Ele recuava rumo à saída, sempre amparando a mulher, que começava a soluçar. Corri para fechar a porta, coloquei a chave no bolso e insisti:

– Pois olhe para ela e negue outra vez que é minha mãe!

Neste ponto ele explodiu, se tornou muito pálido, aterrorizado pelo pensamento de que o escândalo evitado até então pudesse estourar de repente, de que os dois perderiam a posição, o renome, a honra de uma só vez. Balbuciou:

– O senhor não passa de um canalha que quer nos tirar dinheiro. Isso, faça o bem para o povo, para esses finórios, ajude-os, socorra-os!

Minha mãe, desesperada, repetia sem parar:

– Vamos embora! Vamos embora!

Então, como a porta estivesse fechada, ele gritou:

– Se o senhor não abrir agora mesmo, vou colocá-lo atrás das grades por chantagem e ato violento.

Eu havia mantido o autocontrole: abri a porta e os vi desaparecerem na escuridão.

Naquela hora tive a súbita impressão de que acabava de ficar órfão, de ser abandonado, jogado na sarjeta. Fui invadido por uma tristeza assustadora, misturada com cólera, ódio, desgosto; sentia em todo meu ser como uma revolta, uma revolta por justiça, lealdade, honra, afeição rejeitada. Comecei a correr para alcançá-los ao longo do Sena, que eles precisavam seguir para chegar à estação de Chatou.

Dali a pouco avistei os dois. Caíra a noite, muito escura. Eu andava a passos furtivos sobre a grama, de modo que eles não me escutaram. Minha mãe continuava chorando. Meu pai dizia:

– É culpa sua! Por que insistiu em vê-lo?! Era um disparate em nossa condição. Poderíamos fazer o bem para ele de longe, sem aparecer. Já que não podíamos revelar quem éramos, para que serviam essas perigosas visitas?

Naquele instante me lancei na frente deles, suplicante. Balbuciei:

– Acabam de admitir que são meus pais. Já me rejeitaram uma vez, vão fazer isso de novo?

Então, meritíssimo, ele ergueu a mão para mim, palavra, juro pela lei, pela República. Ele me bateu e, como eu o segurasse pelo colarinho, sacou do bolso um revólver.

Tive um acesso de fúria, já nem sei mais. Trazia meu compasso no bolso: ataquei-o com ele o máximo que pude.

Logo ela começou a gritar "Socorro! Assassino!", puxando-me a barba. Parece que também a matei. Será que por acaso eu sabia, naquele momento, o que estava fazendo?

Depois, ao ver ambos no chão, os atirei ao Sena, sem refletir.

Foi isso o que aconteceu. Agora, me julguem.

O acusado voltou a sentar. Diante daquela revelação, o caso foi adiado para a sessão seguinte, que ocorrerá em breve. Se fizéssemos parte do júri, o que faríamos a respeito desse parricídio?

O pequeno

O sr. Lemonnier havia ficado viúvo e com um menino. Amara loucamente sua esposa, com um amor exaltado e terno, sem um deslize, durante toda sua vida conjugal. Era um bom homem, um homem honesto, simples, muito simples, sincero, sem desconfianças nem malícia.

Tendo se apaixonado por uma vizinha que era pobre, a pediu em casamento e a desposou. Ele tinha um comércio de tecidos bastante próspero, não ganhava pouco dinheiro e nem por um segundo duvidou de que não pudesse ser, pelo que era, aceito pela moça.

Aliás, ela o fez feliz. Ele só vivia para ela, só pensava nela, a contemplava sem cessar com olhos de adorador prosternado. Durante as refeições, cometia mil disparates para não desviar o olhar do rosto querido, derramava vinho no seu prato e água no saleiro, depois começava a rir como uma criança, repetindo:

– Amo você demais, como pode ver. Isso me leva a fazer uma porção de bobagens!

Ela sorria, com um ar calmo e resignado. Em seguida desviava o olhar, como incomodada pela adoração de seu marido, e tentava fazê-lo falar, discorrer sobre qualquer coisa, mas ele lhe tomava a mão através da mesa e a segurava com a sua, murmurando:

– Minha querida Jeanne, minha queridinha Jeanne!

Ela acabava se impacientando e dizendo:

– Ora, vamos, seja sensato: coma e me deixe comer.

Ele soltava um suspiro e partia um pedaço de pão, que logo mastigava devagar.

Durante cinco anos, não tiveram filhos. Então, de repente, ela ficou grávida. Foi uma felicidade delirante. Ele não a abandonou um segundo sequer ao longo do período de gravidez, de modo que a empregada, uma velha empregada que dele cuidara e falava alto pela casa, às vezes o colocava para fora e fechava a porta, para obrigá-lo a tomar ar.

Havia estabelecido uma amizade íntima com um homem jovem que conhecia sua esposa desde a infância e que era subchefe de gabinete da Prefeitura. O sr. Duretour jantava três vezes por semana na residência do sr. Lemonnier, trazia flores para a senhora e por vezes ingressos de camarote de teatro. Assim, com frequência, na hora da sobremesa, esse bom Lemonnier, comovido, exclamava, virando-se para a esposa:

– Com uma companheira como você e um amigo como ele, a gente é completamente feliz sobre a face da terra.

Ela morreu no trabalho de parto, e ele também haveria de morrer. Só que a visão da criança lhe deu coragem: um pequeno ser enrugado que choramingava.

Ele o amou com um amor apaixonado e doloroso, com um amor doentio em que permanecia a lembrança da morta, mas em que sobrevivia algo de sua adoração por ela. Era o rebento de sua mulher e a continuação de seu ser, como uma quintessência dela. Aquela criança era sua própria vida derramada sobre outro corpo: ela falecera para que o filho existisse. – E o pai o beijava com fervor. – Porém, aquela criança também a matara, havia tomado, roubado a existência adorada, alimentado-se dela, sorvido uma parte de vida. – E o sr. Lemonnier recolocava o filho no berço e se sentava perto dele para contemplá-lo. Ficava assim horas e horas, olhando-o, pensando mil coisas tristes e doces. A seguir, como o pequeno dormisse, ele se inclinava sobre seu rosto e chorava sobre o babador.

A criança cresceu. O pai não podia mais passar uma hora sem a sua presença; rondava o menino, o levava para passear, o vestia pessoalmente, o limpava, lhe dava de comer. Seu amigo, sr. Duretour, também parecia adorar o garoto, e o beijava com grande arroubo, com esse frenesi de ternura que os pais têm. Fazia-o saltar para seus braços, balançar como cavalinho durante horas sobre uma perna e, de súbito, o derrubando sobre os joelhos, levantava sua roupinha curta e beijava suas coxas gordas de pequerrucho e suas pequenas panturrilhas redondas. O sr. Lemonnier, radiante, murmurava:

– Ele é uma fofura, uma fofura!

E o sr. Duretour apertava a criança nos braços, fazendo-lhe cócegas no pescoço com o bigode.

Só Céleste, a velha empregada, parecia não ter ternura alguma pelo pequeno. Ela se aborrecia com suas travessuras e dava a impressão de ficar exasperada pelos afagos dos dois homens. Exclamava:

– Será possível educar uma criança assim?! O senhor vai criar um belo monstrinho!

Outros anos se passaram e Jean completou nove primaveras. Mal sabia ler, de tanto que fora mimado, e só fazia o que lhe dava vontade. Tinha caprichos tenazes, resistências obstinadas, cóleras furiosas. O pai cedia sempre, concedia tudo. O sr. Duretour comprava e trazia o tempo todo os brinquedos desejados pelo menino e o alimentava com doces e caramelos.

Céleste então se exaltava, gritava:

– É uma vergonha, senhor, uma vergonha. O senhor está causando a desgraça dessa criança, sua própria desgraça, entenda. Vai ser preciso colocar um ponto final nessa situação. Sim, sim, um ponto final, estou avisando, estou prometendo, e não vai tardar muito.

O sr. Lemonnier respondia, sorrindo:

– Que você quer que eu faça, minha filha? Amo demais essa criança, não consigo dizer não para ela. Você precisa se conformar.

Jean estava fraco, um pouco doente. O médico constatou anemia, prescreveu ferro, carne vermelha e sopa reforçada.

Ora, o pequeno não gostava senão de doces e recusava qualquer outra alimentação, e o pai, desesperado, o empanturrava de tortas de creme e de bombas de chocolate.

Certa noite, como se sentassem frente a frente à mesa, Céleste trouxe a sopeira com uma confiança e um ar de autoridade que não costumava ter. Retirou a tampa de modo abrupto, mergulhou a concha no meio e declarou:

– Este é um caldo que eu nunca fiz antes. Desta vez o pequeno vai ter que comer.

O sr. Lemonnier, inquieto, baixou a cabeça. Viu que aquilo acabaria mal.

Céleste pegou o prato do patrão, encheu-o ela mesma e colocou na frente dele.

Ele logo provou a sopa e disse:

– De fato, está excelente.

Ao que a empregada se apoderou do prato do pequeno e virou uma concha cheia de sopa. Em seguida recuou dois passos e esperou.

Jean cheirou, afastou o prato e fez um "eca" de desgosto. Céleste empalideceu, se aproximou bruscamente e, pegando a colher cheia, enfiou-a à força na boca entreaberta da criança.

O menino se engasgou, tossiu, espirrou, cuspiu e, urrando, agarrou com a mão seu copo e o atirou contra a empregada, que foi atingida em cheio, na barriga. Nesse ponto, exasperada, ela segurou debaixo do braço a cabeça do garoto e começou a lhe enfiar goela abaixo colheradas de sopa. Ele as vomitava à medida que as recebia, sapateava, se contorcia, sufocava, se debatia, vermelho como se fosse morrer asfixiado.

O pai a princípio ficou tão surpreso que não esboçou nenhuma reação. Depois, num repente, se lançou com uma raiva de louco furioso, segurou a empregada pelo pescoço e a jogou contra a parede. Balbuciava:

– Fora daqui!... Fora daqui!... Fora!... Animal!

Contudo, dando uma sacudida, ela o empurrou e, descabelada, a touca atrás da cabeça, os olhos soltando faíscas, gritou:

– O que o senhor está fazendo agora? Quer me bater só porque obrigo essa criança a tomar sopa, essa criança que o senhor vai matar com seus mimos?!...

Ele repetia, tremendo da cabeça aos pés:

– Fora daqui!... Saia... Saia, animal!...

A essa altura, enlouquecida, ela se precipitou contra ele e, olhos nos olhos, a voz trêmula:

– Ah!... O senhor pensa... o senhor pensa que vai me tratar assim, a mim, a mim?... Ah! Não vai mesmo... E por quem, por quem?... Por esse fedelho que nem sequer é seu... Não... nem é seu!... Não... nem é seu!... Nem é seu!... Nem é seu!... Todo mundo sabe, pelo amor de Deus!, menos o senhor... Pergunte para o pessoal do armazém, do açougue, da padaria, para qualquer um, para qualquer um...

Ela gaguejava, sufocada pela cólera. Em seguida se calou, o observando.

Ele não fazia mais um movimento, lívido, os braços oscilantes. Ao fim de alguns segundos, balbuciou com uma voz débil, trêmula, em que no entanto palpitava uma formidável emoção:

– Está dizendo... Está dizendo... O que você está dizendo?

Ela silenciava, assustada com o rosto do patrão. Ele deu ainda mais um passo, repetindo:

– Está dizendo... O que você está dizendo?

Ao que ela respondeu com uma voz calma:

– Estou dizendo o que eu sei, pelo amor de Deus!, o que todo mundo sabe.

Ele ergueu as duas mãos e, se jogando para ela com uma fúria de bicho, tentou derrubá-la. Só que ela era forte, apesar de velha, e também ágil. Escapou de seus braços e, correndo ao redor da mesa, outra vez subitamente furiosa, vociferou:

– Pois olhe para ele, olhe para ele, besta quadrada, se não é a cara do sr. Duretour. Olhe para o nariz e para os olhos. O senhor tem olhos assim? E o nariz? E os cabelos? Ela tinha cabelos assim? Estou dizendo o que todo mundo sabe, todo mundo, menos o senhor! É a chacota da cidade! Olhe para ele...

Ela estava passando diante da porta, que abriu, antes de desaparecer.

Assustado, Jean permaneceu imóvel, em frente ao seu prato de sopa.

Ao fim de uma hora ela voltou, muito furtivamente, para ver. O pequeno, após devorar os doces, a compoteira de creme e a das peras em calda, comia agora o pote de geleia com uma colher de sopa.

O pai saíra.

Céleste pegou a criança, deu um beijo nela e, na ponta dos pés, a levou para o quarto, depois a colocou na cama para dormir. Em seguida retornou para a sala de jantar, tirou a mesa, arrumou tudo, muito inquieta.

Não se ouvia um barulho sequer na casa. Ela foi colar o ouvido na porta do patrão. Ele não fazia qualquer movimento. Ela colocou o olho no buraco da fechadura. Ele escrevia e parecia tranquilo.

Então ela voltou a se sentar na cozinha, para estar preparada para qualquer circunstância, pois farejava algo.

Adormeceu sobre uma cadeira e só despertou ao amanhecer.

Ela fez a limpeza da casa como costumava fazer a cada manhã: varreu, tirou o pó e, lá pelas oito horas, preparou o café do sr. Lemonnier.

Porém, não se atrevia a levá-lo para o patrão, sem saber como seria recebida, e esperou que ele tocasse a sineta para chamá-la. Ele não tocou. Bateram as nove, dali a pouco as dez horas.

Céleste, aturdida, preparou a travessa e se pôs a caminho, com o coração palpitando. Diante da porta, ela parou, escutou. Nada se mexia. Ela bateu: não obteve resposta. Foi quando, reunindo toda sua coragem, ela abriu, entrou. Logo, soltando um grito terrível, deixou cair a bandeja que trazia nas mãos.

O sr. Lemonnier pendia bem no meio do seu quarto, suspenso pelo pescoço a um gancho do teto. Tinha a língua esticada para fora de uma maneira medonha. A velha pantufa direita jazia, caída no chão. A esquerda permanecera no pé. Uma cadeira virada havia rolado até a cama.

Céleste, desvairada, fugiu dali gritando. Todos os vizinhos acudiram. O médico constatou que a morte ocorrera à meia-noite.

Uma carta endereçada ao sr. Duretour foi encontrada sobre a mesa do suicida. Só continha uma linha:

Deixo e confio o pequeno ao senhor.

A ROCHA DOS *GUILLEMOTS*

Chegou a temporada dos *guillemots*.

De abril ao fim de maio, antes da chegada dos banhistas parisienses, são vistos surgir de repente, na prainha de Étretat, alguns velhos senhores de botas, espremidos em seus trajes de caça. Passam quatro ou cinco dias no Hôtel Hauville, desaparecem, voltam três semanas mais tarde e, em seguida, depois de uma nova estada, partem definitivamente.

Tornam a ser encontrados na primavera seguinte.

São os últimos caçadores de *guillemots*, aqueles que sobraram dos antigos. Há trinta ou quarenta anos formavam uma vintena de sectários. Hoje não passam de alguns raivosos atiradores.

O *guillemot* é um pássaro migratório raríssimo, de hábitos estranhos. Ocupa durante quase todo o ano as paragens da Terra Nova, das ilhas Saint-Pierre e Miquelon. Contudo, na época dos acasalamentos, um bando de emigrantes atravessa o oceano e, todos os anos, vem pôr ovos e chocar no mesmo local, na rocha chamada dos *guillemots*, perto de Étretat. Só são encontrados ali, apenas ali. Para ali vieram, sempre sendo caçados, e continuaram voltando; voltarão sempre. Tão logo os filhotes estejam criados, as aves partem, desaparecem por um ano.

Por que nunca vão para outro lugar, não escolhem algum outro ponto daquela longa falésia branca e continuamente igual, que se estende do Pas-de-Calais ao Havre? Que força, que instinto invencível, que costume secular impele os pássaros a voltarem àquele local? Que primeira emigração, que tempestade, talvez, lançou os seus ancestrais para aquela rocha? E por que os filhos, os netos, todos os descendentes dos primeiros sempre retornaram para ali?

Não são muitos: uma centena, no máximo, como se uma única família tivesse aquela tradição, cumprisse aquela peregrinação anual.

E em todas as primaveras, assim que a pequena tribo migratória ocupa outra vez sua rocha, os mesmos caçadores também reaparecem no vilarejo. São figuras carimbadas desde a juventude, nos tempos idos; hoje, estão velhos, mas fiéis ao encontro regular a que se dedicam há trinta ou quarenta anos.

Por nada no mundo faltariam a ele.

Era por um entardecer de abril de um dos últimos anos. Três dos antigos caçadores de *guillemots* acabavam de chegar. Faltava um, o sr. D'Arnelles.

Ele não escrevera a ninguém, nem dera notícias! Porém, não havia morrido, como tantos outros: teriam sabido. Enfim, cansados de esperar, os que chegaram primeiro se sentaram à mesa. O jantar estava se encaminhando para o fim quando se ouviu o barulho de uma carruagem no pátio da hospedaria e logo o atirador atrasado entrou.

Sentou-se alegre, esfregando as mãos, comeu com grande apetite e, como um de seus companheiros se espantasse que estivesse de sobrecasaca, respondeu com tranquilidade:

– Sim, não tive tempo de mudar de roupa.

Ao saírem da mesa foram se deitar, pois, para surpreender os pássaros, há que se partir antes de raiar o dia.

Não existe nada mais bonito do que essa caçada, do que esse passeio matinal.

Às três horas da manhã, os barqueiros acordam os caçadores jogando areia nas vidraças. Em alguns minutos ficam prontos e descem para o embarque. Embora o crepúsculo não tenha despontado, as estrelas estão um pouco pálidas; o mar faz os seixos rangerem; a brisa é tão fresca que provoca um pouco de frio, apesar das roupas grossas.

Logo as duas barcas empurradas pelos homens resvalam bruscamente sobre a rampa de rochas redondas, com um ruído de tela rasgada; depois balançam sobre as primeiras ondas. A vela escura é hasteada no mastro, se infla um pouco, palpita, hesita e, cheia de novo, redonda como uma barriga, arrasta os cascos alcatroados em direção à grande Porte d'Aval, que se distingue vagamente na penumbra.

O céu vai clareando: as trevas parecem se dissipar; a costa ainda continua velada, a extensa costa branca, vertical como uma muralha.

Atravessam a Manne-Porte, abóbada enorme pela qual passaria um navio; dobram a Pointe de la Courtine; lá vem o vale d'Antifer, o cabo do mesmo nome; e de repente percebem uma praia onde centenas de gaivotas estão posicionadas. Eis a rocha dos *guillemots*.

É apenas uma pequena protuberância da falésia. Sobre as estreitas saliências do rochedo, surgem cabeças de pássaros, que olham as barcas.

Estão ali parados, esperando, ainda não se arriscando a partir. Alguns, postados nas bordas salientes, parecem sentados sobre seus traseiros, equilibrados como garrafas, pois têm patas tão curtas que dão a impressão, quando andam, de escorregar como animais com rodas. Assim, para levantar voo, não podendo tomar impulso, precisam se deixar cair como pedras quase até a altura dos homens que os espreitam.

Conhecem seu ponto fraco e o perigo que ele lhes traz, de modo que não se decidem a fugir depressa.

Entretanto, os barqueiros começam a gritar, batem no casco com os remos de madeira, e os pássaros, amedrontados, se lançam um a um no vazio, precipitando-se até a crista das ondas. Em seguida, batendo as asas rapidamente, fogem, fogem e ganham o alto-mar, caso uma saraivada de chumbo não os derrube à água.

Durante uma hora são metralhados assim, forçados a escapulir um após outro. Algumas vezes as fêmeas no ninho, obstinadas em chocar, não vão embora e recebem os sucessivos disparos, que fazem esguichar sobre a rocha branca gotinhas de sangue rosa, enquanto o animal expira sem ter abandonado os ovos.

No primeiro dia, o sr. D'Arnelles caçou com seu entusiasmo habitual. Contudo, quando retornaram por volta das dez horas, sob o brilhante sol a pino que lançava grandes triângulos de luz nas baías brancas da costa, mostrou-se um pouco inquieto, às vezes pensativo, diferente de seu modo habitual.

Assim que chegaram ao vilarejo, uma espécie de empregado vestido de preto veio falar em voz baixa com ele, que pareceu refletir, hesitar, antes de responder:

– Não, amanhã.

No dia seguinte, a caçada recomeçou. Desta vez, o sr. D'Arnelles errava com frequência os tiros contra pássaros, que, no entanto, se deixavam cair quase até a ponta do cano da espingarda; ao que seus amigos, rindo, perguntavam se estava apaixonado, se alguma perturbação secreta lhe agitava o coração e a alma.

Enfim, ele confessou:

– Sim, na verdade devo partir daqui a pouco, o que me desagrada.

– Como, vai partir? E por quê?

– Oh! Tenho um dever que me chama, não posso ficar muito tempo mais.

Logo mudaram de assunto.

Uma vez terminado o almoço, reapareceu o empregado de preto. O sr. D'Arnelles lhe ordenou que atrelasse os cavalos e já estava saindo quando os três outros caçadores intercederam, insistiram, pedindo e implorando no intuito de deter o amigo. Um deles, finalmente, comentou:

– Ora, seu dever não pode ser tão importante assim, porque o senhor já esperou dois dias!

De todo perplexo, o caçador refletia, se debatendo visivelmente, balançado entre o prazer e a obrigação, infeliz e perturbado.

Após uma demorada meditação, murmurou, hesitante:

– É que... é que... não estou sozinho aqui. Há meu genro.

Ouviram-se gritos e exclamações:

– O seu genro?... Mas onde ele está?

Então, de súbito, ele pareceu confuso e corou.

– Como?! Não ficaram sabendo?... Mas... mas... ele está na cocheira. Está morto.

Reinou um silêncio de estupefação.

O sr. D'Arnelles prosseguiu, cada vez mais transtornado:

– Tive a infelicidade de perdê-lo. Como estava transladando o corpo para minha residência, em Briseville, fiz um pequeno desvio para não faltar ao nosso encontro. Mas devem entender que não posso perder mais tempo.

Então um dos caçadores, mais ousado, disse:

– De qualquer maneira... já que ele está morto... tenho a impressão... de que pode esperar mais um dia.

Os outros dois não hesitaram mais:

– É evidente – disseram.

O sr. D'Arnelles parecia ter retirado um grande peso das costas. Ainda um pouco inquieto, no entanto, perguntou:

– Mas isso... francamente... acham mesmo?...

Os outros três, como um só homem, responderam:

– É claro, meu caro! Dois dias a mais ou a menos não vão fazer diferença alguma na condição em que ele se encontra.

Então, completamente em paz, o sogro se virou para o papa-defunto:

– Pois é, meu amigo! Vai ficar para depois de amanhã.

Timbuktu

O bulevar, esse rio de vida, fervilhava na poeira de ouro do sol poente. Todo o céu estava vermelho, ofuscante; e, atrás da Église de la Madeleine, uma imensa nuvem flamejante lançava em toda a extensa avenida uma chuvarada oblíqua de fogo, vibrante como um vapor de braseiro.

A multidão alegre, palpitante, se movimentava sob essa bruma inflamada e parecia em uma apoteose. Os rostos estavam dourados; os chapéus pretos e as roupas tinham reflexos de púrpura; o verniz dos sapatos lançava chamas sobre o asfalto das calçadas.

Diante dos cafés, uma aglomeração de homens tomava bebidas brilhantes e coloridas, que poderiam ser confundidas com pedras preciosas fundidas no cristal.

No meio dos clientes de vestes leves mais escuras, dois oficiais uniformizados faziam todos baixarem os olhos devido à cegueira temporária causada por seus ornamentos dourados. Papeavam, alegres sem motivo, nessa glória de vida, nesse esplendor radioso do fim de tarde. Olhavam para aquele povo, os homens vagarosos e as mulheres apressadas que deixavam atrás de si um rastro de perfume cheiroso e inebriante.

De repente um negro enorme, vestido de preto, barrigudo, enfeitado de penduricalhos sobre um colete de cotim, com a face brilhante como se tivesse sido encerada, passou diante deles com um ar triunfal.

Ria às pessoas que passavam, ria aos vendedores de jornais, ria ao céu resplandecente, ria a Paris inteira. Era tão alto que sua cabeça flutuava acima de todas as outras; e, atrás dele, todos os curiosos se viravam para contemplá-lo de costas.

No entanto, de súbito, percebeu os oficiais e, empurrando aqueles que bebiam, se precipitou na direção da dupla. Tão logo ficou diante da mesa, pregou sobre eles seus olhos cintilantes e satisfeitos, e os cantos de sua boca subiram até as orelhas, revelando dentes brancos, claros como uma lua crescente em céu negro. Os dois homens, estupefatos, contemplavam aquele gigante de ébano sem nada entender da sua alegria.

E ele exclamou, com uma voz que fez rir todos das outras mesas:

– Boa tade, meu tenente!

Um dos oficiais era chefe de batalhão, o outro coronel. O primeiro disse:

– Não conheço o senhor. Ignoro o que quer de mim.

O negro falou:

– Mim gostava muito você, tenente Védié, ceco Bézi, muita uva, busca mim.

Assombrado por inteiro, o oficial olhava o homem de maneira fixa, cavando no fundo das suas lembranças. Bruscamente perguntou:

– Timbuktu?!

Radiante, o negro deu uma palmada na própria coxa, soltando uma risada de inverossímil violência e rugindo:

– Sim, sim, já, meu tenente, econhece Timbuktu, já, boa tade.

O comandante lhe estendeu a mão, rindo ele próprio com gosto. Então Timbuktu se tornou grave. Pegou a mão do oficial e, tão rápido que este não pôde impedi-lo, deu um beijo nela, segundo o costume negro e árabe. Confuso, o militar lhe disse com uma voz severa:

– Vamos, Timbuktu, não estamos na África. Sente e me conte como veio parar aqui.

Timbuktu espreguiçou a barriga e, gaguejando, a tal ponto falava depressa:

– Ganhado muito dinheio, muito, gande estauante, bom comê, pussianos, mim, muito obado, muito, cozinha fancesa, Timbuktu, cozinheio impeadô, mim 200 mil fancos! Rá, rá, rá, rá!

E gargalhava, contorcido, rugindo com um louco contentamento no olhar.

Depois que o oficial, que compreendia seu estranho linguajar, o interrogou por algum tempo, disse:

– Está certo. Tchau, Timbuktu, até logo.

O negro se levantou na mesma hora, desta vez apertou a mão que lhe era estendida e, rindo sempre, gritou:

– Boa tade, boa tade, meu tenente!

E foi embora tão contente que gesticulava caminhando, fazendo com que as pessoas o tomassem por louco.

O coronel perguntou:

– Quem é esse selvagem?

O comandante respondeu:

– Um rapaz corajoso e um soldado valente. Vou contar o que sei dele. É bastante engraçado.

O senhor sabe que no começo da guerra de 1870 fui confinado em Bézières, que esse negro chama de Bézi. Não estávamos cercados, mas bloqueados. As linhas prussianas nos sitiavam por toda parte, fora do alcance dos canhões, também não atirando sobre nós, mas nos obrigando à fome aos poucos.

Naquela época, eu era tenente. A nossa guarnição se achava composta de tropas de toda natureza, restos de regimentos feridos, desertores, saqueadores separados dos corpos de exército. Enfim, tínhamos de tudo, até onze atiradores argelinos, que chegaram certa noite, não se sabe como nem por onde. Apresentaram-se na entrada da cidade, extenuados, maltrapilhos, famintos e chumbados. Foram entregues para mim.

Logo constatei que eram avessos a qualquer disciplina, sempre ausentes e sempre embriagados. Tentei a punição e até a cadeia, de nada adiantou. Os meus homens desapareciam por dias inteiros, como se tivessem se enfiado dentro da terra, depois reapareciam caindo de bêbados. Não tinham dinheiro. Onde bebiam? E como e com o quê?

Aquilo começava a me intrigar vivamente, ainda mais porque esses selvagens me interessavam por seu temperamento de meninos crescidos e travessos e por estarem sempre rindo.

Percebi então que obedeciam cegamente ao mais alto deles, aquele que o senhor acaba de ver. Ele os liderava conforme sua vontade, planejava as misteriosas operações, como chefe todo-poderoso e incontestável. Mandei que viesse até mim e o interroguei. A nossa conversa durou umas três horas, tamanha era a minha dificuldade de compreender sua surpreendente algaravia. Já o pobre diabo fazia esforços extraordinários para ser entendido, inventava palavras, gesticulava, suava de cansaço, enxugava a testa, arfava, parava e recomeçava de chofre quando acreditava ter encontrado um novo meio de se explicar.

Adivinhei enfim que era filho um grande líder, de uma espécie de rei negro das cercanias de Timbuktu. Perguntei seu nome. Respondeu algo como Chavaharibuhalikhranafotapolara. Achei mais fácil lhe dar o nome de sua região: "Timbuktu". E, oito dias mais tarde, toda a guarnição só o chamava dessa maneira.

De todo modo, nos dominava um desejo incontrolável de saber onde esse ex-príncipe africano encontrava bebida. Descobri de uma maneira singular.

Estava certa manhã sobre a fortificação, analisando o horizonte, quando notei que algo se mexia em uma vinha. Era o tempo das vindimas, as uvas estavam maduras, mas eu não pensava naquilo. Imaginei que um espião estivesse se aproximando da cidade e organizei uma expedição completa para apanhar o malfeitor. Assumi pessoalmente o comando, depois de obter a autorização do general.

Por três portões diferentes, eu mandara sair três pequenos contingentes que deveriam se reunir perto da vinha suspeita e cercá-la. Para não dar possibilidade de fuga ao espião, um desses destacamentos tinha que fazer uma caminhada de pelo menos uma hora. Um homem que ficara de vigia sobre as muralhas me indicou, por sinal, que o vulto visualizado por mim não tinha deixado o campo. Avançávamos em silêncio total, rastejando, quase afundados nos sulcos. Enfim chegamos ao local indicado. Repentinamente dou o comando para meus soldados, que se lançam na vinha e encontram... Timbuktu engatinhando no meio das videiras e comendo uvas – ou melhor, abocanhando uvas como um cão que come sua ração, de boca cheia, na própria planta, arrancando os cachos com uma dentada.

Quis fazê-lo se levantar: sequer era possível sonhar com isso e compreendi então por que se arrastava daquela maneira sobre as mãos e os joelhos. Assim que o puseram de pé, oscilou alguns segundos, estendeu os braços e caiu de cara no chão. Estava embriagado como eu jamais vira alguém ficar antes.

Levaram-no sobre duas estacas. Não parou de rir durante todo o caminho, gesticulando com os braços e com as pernas.

Estava aí todo o mistério. Os meus malandros bebiam na própria uva. Em seguida, quando ficavam tão chumbados que não podiam se mexer, dormiam ali mesmo.

Quanto a Timbuktu, seu amor pela vinha superava toda a fé e toda a medida. Vivia nas videiras como os tordos, que aliás odiava com um ódio de rival enciumado. Repetia o tempo inteiro:

– Os todos comem toda uva, miseiáveis!

Em um entardecer vieram me procurar. Avistava-se pela planície algo vindo em nossa direção. Eu estava sem a luneta e distinguia muito mal. Daria para supor uma grande serpente que se desenrolava, um comboio, como saber?

Enviei alguns homens ao encontro daquela estranha caravana, que em pouco tempo fez a sua entrada triunfal. Timbuktu e nove de seus companheiros traziam sobre uma espécie de altar, feito com cadeiras de campanha, oito cabeças decepadas, sangrentas e escarninhas. O décimo atirador argelino puxava um cavalo e, pelo rabo desse animal, outro estava preso e havia ainda mais seis enfileirados, amarrados da mesma maneira.

Ouça o que me relataram: uma vez partindo para as vinhas, os meus africanos perceberam subitamente um destacamento prussiano que se aproximava de um vilarejo. Em vez de fugir, se esconderam. A seguir, quando os oficiais desceram dos cavalos em frente a uma hospedaria para recobrar as forças, os onze touros se precipitaram contra eles, puseram para correr os ulanos, que imaginaram estar sendo atacados, mataram as duas sentinelas mais o coronel e os cinco oficiais da escolta.

Naquele dia, abracei Timbuktu. Porém reparei que caminhava com dificuldade. Pensei que estivesse ferido. Começou a rir e me disse:

– Mim, povisões pá nós.

É que Timbuktu não fazia a guerra pela honra, mas antes pelo ganho. Tudo o que encontrava, tudo que lhe parecia ter qualquer valor, principalmente tudo que brilhava, ele metia no bolso! Que bolso! Um abismo que iniciava na cintura e terminava no tornozelo. Tendo aprendido um termo da tropa, chamava seu bolso de "alforje" e era um alforje mesmo, de fato!

Desse modo, arrancara o ouro dos uniformes prussianos, o cobre dos capacetes, os botões etc., e jogara tudo no "alforje", que estava cheio quase a transbordar.

A cada dia recolhia todo objeto reluzente que aparecesse diante de seus olhos, pedaços de estanho ou moedas de prata, o que às vezes lhe conferia um aspecto infinitamente cômico.

Tinha a intenção de levar isso para a região dos avestruzes, dos quais parecia irmão esse filho de rei, torturado pela necessidade de absorver os objetos brilhantes. Se não tivesse seu alforje, o que teria feito? Provavelmente os teria engolido.

A cada manhã seu alforje estava vazio. Quer dizer que tinha um depósito onde acumulava suas riquezas. Mas onde? Não consegui descobrir.

O general, informado da façanha de Timbuktu, mandou bem depressa enterrar os corpos que tinham permanecido no vilarejo vizinho, para que não se descobrisse que foram decapitados. Os prussianos voltaram no dia seguinte. O prefeito e sete notáveis habitantes foram fuzilados na mesma hora, em represália, como se tivessem denunciado a presença dos alemães.

Chegara o inverno. Estávamos esgotados e desesperados. Combatíamos agora todos os dias. Esfomeados, os homens não marchavam mais. Apenas os oito atiradores argelinos (três foram mortos) continuavam gordos e reluzentes, vigorosos e sempre prontos para o combate. Timbuktu engordava para valer. Disse para mim um dia:

– Você muita fome, mim bom cane.

E realmente me trouxe um filé excelente. Mas de quê? Não tínhamos mais nem bois, nem carneiros, nem cabras, nem burros, nem porcos. Era impossível encontrar cavalo. Refleti sobre tudo isso, após devorar minha carne. Então me ocorreu um pensamento horrível. Aqueles negros nasceram bem perto da região onde se comem homens! E a cada dia tantos soldados caíam ao redor da cidade! Interroguei Timbuktu. Não quis responder. Não insisti, mas passei a recusar os seus presentes.

Ele me idolatrava. Certa noite, a neve nos surpreendeu nos postos avançados. Estávamos sentados no chão, e eu olhava com dó os pobres negros, tremendo sob aquela poeira branca e gelada. Como estava com muito frio, comecei a tossir. Logo senti algo cair sobre mim, como uma grande e quente coberta. Era o capote de Timbuktu, que ele jogou sobre meus ombros.

Levantei e lhe devolvendo o casaco:

– Fique com isso, meu rapaz. Tem mais necessidade dele do que eu.

Ele respondeu:

– Não, meu tenente, pá você, mim não necessidade, mim quente, quente!

E me contemplava com olhos suplicantes.

Insisti:

– Vamos, obedeça, fique com seu capote, é uma ordem.

Ao que o negro ficou de pé, puxou o sabre, que sabia tornar afiado como uma foice, e segurando com a outra mão o grande capote que eu recusava:

– Se você não fica capote, mim asgo em pedaços. Ninguém capote.

Sem dúvida teria feito. Cedi.

Oito dias mais tarde, havíamos capitulado. Alguns de nós tinham conseguido fugir. Os demais sairiam da cidade e se entregariam aos vencedores.

Dirigia-me para a praça de armas, onde deveríamos nos reunir, quando fiquei paralisado de espanto diante de um negro gigante, vestido de cotim branco e com um chapéu de palha na cabeça. Era Timbuktu. Parecia radiante e passeava, com as mãos nos bolsos, em frente a uma pequena loja, na qual se via uma vitrina com dois pratos e dois copos.

Disse a ele:

– O que está fazendo?

Respondeu:

– Mim não vai, mim bom cozinheio, mim fez coionel comê, Agélia; mim come pussianos, muito obado, muito.

Fazia um frio de dez graus. Eu tremia diante daquele negro de cotim. Então pegou meu braço e me fez entrar. Percebi um letreiro enorme, que ele iria pendurar diante da porta tão logo partíssemos, pois tinha algum pudor.

E li, traçado pela mão de algum cúmplice, a seguinte inscrição:

COZINHA MILITAR DO SR. TIMBUKTU
Antigo cozinheiro de S. M. o Imperador
Artista de Paris – preços em conta

Apesar do desespero que devorava meu coração, não pude evitar uma risada e deixei o meu negro com o seu novo comércio.

Isso não era melhor do que fazê-lo seguir prisioneiro?

O senhor acaba de ver que ele prosperou, o malandro.

Bézières, hoje, pertence à Alemanha. O Restaurante Timbuktu é um começo de vingança.

História verídica

Uma ventania soprava lá fora, um vento de outono ruidoso e galopante, um desses ventos que matam as últimas folhas e as levantam até as nuvens.

Os caçadores terminavam o jantar, ainda de botas, corados, animados, excitados. Eram desses seminobres normandos, meio fidalgotes, meio camponeses, ricos e vigorosos, talhados para quebrar os chifres dos bois quando os derrubam nas feiras.

Tinham caçado o dia inteiro nas terras do sr. Blondel, o administrador da região de Éparville, e comiam agora em volta da grande mesa, na espécie de fazenda-castelo cujo proprietário era o seu anfitrião.

Falavam como se brada, riam como rugem as feras e bebiam como cisternas, de pernas esticadas, os cotovelos sobre a toalha, os olhos reluzentes sob a chama dos candeeiros, aquecidos por uma formidável lareira, que lançava ao teto clarões sangrentos. Papeavam sobre cães e caça. Contudo, naquele momento em que outras ideias vêm à mente dos homens, estavam meio embriagados e todos seguiam com o olhar uma robusta moça de faces arredondadas, que carregava na extremidade de seus punhos vermelhos as largas travessas repletas de comida.

De súbito, um homenzarrão desengonçado, que se tornara veterinário depois de ter estudado para padre e que tratava de todos os animais do *arrondissement*, o sr. Séjour, exclamou:

– Caramba, sr. Blondel! O senhor tem aqui uma empregada que não está nem um pouco bichada.

E estourou uma risada retumbante. Ao que um velho nobre decadente, refém do álcool, o sr. De Varnetot, ergueu a voz:

– Eu é que tive no passado uma história extravagante com uma mocinha parecida com esta! É, preciso contá-la aos senhores. Sempre que penso no assunto, me volta a recordação de Mirza, minha cadela, que eu havia vendido ao conde de Haussormel e que voltava todos os dias, tão logo a soltassem, porque não podia viver sem mim. Até que fiquei contrariado e pedi ao conde para mantê-la sempre presa na corrente. Sabem o que fez o animal? Morreu de tristeza.

"Mas, voltando à minha criada, a história é a seguinte":

Na época, eu tinha 25 anos e morava sozinho, no meu castelo de Villebon. Como sabem, quando a gente é jovem, tem rendas e se chateia todas as noites após o jantar, atiramos a isca para todos os lados.

Logo descobri uma moça que trabalhava na casa de Déboultot, na comunidade de Cauville. Blondel, o senhor conheceu bem Déboultot! Em poucas palavras, a malandra me seduziu tão direitinho que fui um dia procurar o seu patrão e lhe fiz uma proposta: me entregaria a sua criada e eu lhe venderia a minha égua preta, Cocote, por quem ele manifestava interesse há pelo menos dois anos. Estendeu-me a mão: "Pode apertar, sr. De Varnetot!". Negócio fechado.

A pequena veio para o castelo e levei pessoalmente a Cauville minha égua, que deixei por trezentos escudos.

Nos primeiros tempos, tudo correu às mil maravilhas. Ninguém suspeitava de nada, apenas Rose me amava um pouco demais para o meu gosto. Sabem, aquela moça não era uma qualquer. Devia correr algo incomum em suas veias. Devia ser descendente de alguma jovem que fora seduzida por seu patrão.

Em suma, ela me adorava. Eram afagos, carícias, festinhas, uma porção de gentilezas que me davam o que pensar.

Dizia com meus botões: "Isso não pode durar, ou vou acabar enfeitiçado". Mas não é tão fácil assim me enfeitiçar. Não sou desses que se deixam seduzir com dois beijos. Enfim, eu estava de olho... quando ela me anunciou que ficara grávida.

Pan! Pan! Foi como se tivessem me dado dois tiros de espingarda no peito. E ela me beijava e me abraçava e ria e dançava, estava fora de si, como não?! Eu não disse nada no primeiro dia mas, durante noite, refleti. Pensava: "Está feito, mas é preciso desviar do golpe e cortar o fio, antes que seja tarde demais". Os senhores entendem, eu tinha meu pai e minha mãe em Barneville, e minha irmã casada com o marquês D'Yspare, em Rollebec, a duas léguas de Villebon. Não dava para brincar.

Mas como me safar da situação? Se Rose deixasse a casa, poderiam desconfiar de alguma coisa e correriam mexericos. Se eu a mantivesse, logo veriam a arte. Além do mais, eu não poderia abandoná-la assim.

Comentei o caso com meu tio, o barão de Creteuil, um velho garanhão que conheceu várias, e pedi um conselho. Respondeu com tranquilidade:

– Vai ser preciso casá-la, meu rapaz.

Dei um salto.

– Casá-la, meu tio, mas com quem?

Sem pressa, encolheu os ombros:

– Com quem você quiser, é problema seu e não meu. Quando não se é tolo, sempre se acha alguém.

Refleti uns oito dias sobre aquela conversa e acabei concluindo: "Meu tio tem razão".

Ao que comecei a revirar minhas lembranças e a procurar. Foi quando em uma noite o juiz de paz, com quem eu terminava de jantar, me disse:

– O filho de dona Paumelle acabou de cometer uma nova tolice. Vai acabar mal, aquele rapaz. Também, filho de peixe, peixinho é.

Essa dona Paumelle era uma velha raposa que tivera uma juventude reprovável. Por um escudo sem dúvida teria vendido a alma, dando o filho velhaco de brinde.

Fui procurá-la e, com toda delicadeza, dei a entender a situação.

Como me atrapalhasse nas explicações, ela perguntou de súbito:

– Que que o siô vai deixá pra essa pequena?

Era maligna, a velha. Porém eu, que não era tolo, tinha preparado o campo.

Possuía exatamente três parcelas de terra perdidas, próximas a Sasseville, que dependiam das minhas três propriedades rurais de Villebon. Os arrendatários se queixavam sempre de que era longe. Para resumir, eu havia retomado esses três campos, seis acres ao todo, e, como os meus rendeiros chiassem, tinha devolvido, até o final de cada arrendamento, todos os seus pagamentos em aves de criação. Desse modo, a coisa se resolveu. Então, tendo comprado uma ponta da divisa de meu vizinho, o sr. D'Aumonté, eu mandara construir um casebre em cima, tudo por mil e quinhentos francos. Assim, acabava de constituir um pequeno bem material que não me custava grande coisa e entregava de dote à mocinha.

A velha reclamou: não era o bastante. Porém, não cedi, e nos separamos sem definir nada.

Na manhã seguinte, bem cedo, o rapaz veio me procurar. Não me lembrava de sua aparência. Quando o vi, fiquei tranquilo: não estava mal para um camponês, embora tivesse o ar de um finório grosseiro.

Tomou a coisa com distanciamento, como se viesse comprar uma vaca. Quando entramos em acordo, quis ver a propriedade, de modo que partimos pelos campos. O tratante me fez ficar umas três horas nas terras, que ele percorria, media, pegava torrões para esmagar com as mãos, como se receasse ser enganado em relação à mercadoria. Como o casebre ainda não estava pronto, exigiu telhado de ardósia em vez de palha, porque isso necessita de menos manutenção.

A seguir me disse:

– Mas os móveis é o siô que vai dá.

Protestei:

– Não, já está de bom tamanho uma propriedade.

Ele zombou:

– Também acho, uma propiedade e uma criança.

Corei sem querer. Ele insistiu:

– Vamo lá, o siô nos dá a cama, uma mesa, o armaro, três caderas e mais a loça, ou nada feito.

Consenti.

Já estávamos a caminho para voltar. Ele ainda não havia pronunciado uma palavra sobre a moça, quando de repente perguntou com um ar dissimulado e constrangido:

– Mas, se ela morrê, pra quem que vai ficá, o bem?

Respondi:

– Para o senhor, naturalmente.

Era tudo o que ele queria saber desde a manhã. No mesmo instante me estendeu a mão com um movimento satisfeito. Tínhamos entrado em acordo.

Ora, nem preciso dizer que tive dificuldade para convencer Rose. Atirava-se a meus pés, soluçava, repetia: "É o senhor que está me propondo isso?! O senhor?! O senhor?!". Durante mais de uma semana resistiu, apesar dos meus argumentos e pedidos. São tolas, as mulheres: uma vez que o amor lhes sobe à cabeça, não compreendem mais nada. Não há bom senso que resista, o amor antes de tudo, tudo pelo amor!

Por fim acabei me aborrecendo e ameacei colocá-la na rua. Então, aos poucos, ela cedeu, com a condição de que eu permitisse a ela vir me ver de vez em quando.

Eu a conduzi pessoalmente ao altar, paguei a cerimônia, ofereci o jantar a todos os convidados do casamento. Depois: "Boa noite, meus filhos!". Fui passar seis meses na casa do meu irmão em Touraine.

Quando retornei, fiquei sabendo que ela tinha vindo todas as semanas ao castelo perguntar por mim. E mal fazia uma hora que eu tinha chegado quando a vi entrar com um pequeno nos braços. Acreditem se quiser, mas senti algo ao ver o menino. Creio até que o beijei.

Quanto à mãe, um caco, um esqueleto, uma sombra. Raquítica, envelhecida. Com os diabos!, não ia bem de casamento! Perguntei mecanicamente:

– Está feliz?

Nesse ponto, começou a chorar como uma fonte, com soluços, suspiros. Gritava:

– Não posso, não posso ficar sem o senhor agora. Prefiro morrer, não posso!

Fazia um barulho dos infernos. Eu a consolei como pude e a reconduzi ao portão.

Descobri que de fato apanhava do marido e que sua sogra, a velha raposa, não lhe dava descanso.

Dois dias mais tarde, ela estava de volta. Apertou-me em seus braços, se arrastou no chão.

– Pode me matar, mas não quero voltar lá!

Exatamente o que teria dito Mirza, se pudesse falar!

Toda aquela função começava a me irritar, por isso sumi por mais seis meses... Quando voltei... Quando voltei fiquei sabendo que ela morrera havia três semanas, após ter reaparecido no castelo todos os domingos... assim como Mirza. A criança também morrera, oito dias depois.

Quanto ao marido, o astuto finório, herdou. Parece que desde então prosperou e é hoje conselheiro municipal.

Ao que o sr. De Varnetot acrescentou, rindo:

– Seja como for, aquele lá só fez fortuna graças a mim!

E o sr. Séjour, o veterinário, concluiu com gravidade, levando à boca um copinho de cachaça:

– Como quiser, mas mulheres assim não fazem falta.

Adeus

Os dois amigos acabavam de jantar. Da janela do bistrô viam o bulevar cheio de gente. Sentiam passar aquele vento morno que corre por Paris nas amenas noites de verão, que faz os transeuntes erguerem a cabeça, que dá vontade de fugir, de ir para longe, não se sabe onde, debaixo de uma árvore, e leva a sonhar com rios banhados pela lua, com vaga-lumes e rouxinóis.

Um deles, Henri Simon, disse, suspirando profundamente:

– Ah! Estou ficando velho. É triste. Antigamente, em noites como esta, sentia o diabo no corpo. Hoje, não sinto mais do que melancolia. Como a vida passa depressa!

Estava já um pouco gordo, com uns 45 anos, talvez, e muito careca.

O outro, Pierre Carnier, um pouco mais velho, porém mais magro e mais animado, respondeu:

– Já eu, meu caro, envelheci sem me dar a menor conta. Estava sempre alegre, entusiasmado, vigoroso e tudo mais. Ora, como a gente se olha todo o dia no espelho, não vê a ação do tempo se realizar, pois ela é lenta, contínua, e modifica a aparência com tanta suavidade que as mudanças são imperceptíveis. Só por isso não morremos de desgosto após dois ou três anos de devastação. Porque não podemos constatá-la.

Para isso, seria preciso ficar seis meses sem enxergar o próprio rosto. Então, oh!, que baque!

"E as mulheres, meu caro, como tenho pena delas, pobres seres. Toda a sua felicidade, todo o seu poder, toda a sua vida estão na sua beleza, que dura dez anos.

"Claro, eu envelheci sem desconfiar, me imaginava quase um adolescente, ao passo que tinha cerca de cinquenta anos. Como não experimentava qualquer tipo de enfermidade, seguia em frente, feliz e tranquilo.

"A revelação da minha decadência me ocorreu de um modo singelo e terrível, que me aterrou durante uns seis meses... depois fiquei resignado.

"Muitas vezes me apaixonei, como todos os homens, mas sobretudo em uma oportunidade."

Eu a conhecera à beira-mar, em Étretat, há mais ou menos uns doze anos, um pouco depois da guerra. Nada mais encantador do que aquela praia pela manhã, no momento do banho. É pequena, arredondada em forma de ferradura, emoldurada por altas falésias brancas perfuradas por aberturas singulares que levam o nome de Portes: uma delas enorme, estendendo sua perna de gigante mar adentro, a outra em frente, acocorada e redonda; uma multidão de mulheres se reúne, se espreme na estreita língua de seixos e a recobre com um resplandecente jardim de vestes claras, naquele quadro de rochedos altos. O sol cai em cheio sobre o litoral, sobre as sombrinhas de todos os matizes, sobre o mar de um azul esverdeado. E tudo isso é alegre, encantador, dá gosto de ver. A gente vai se sentar bem pertinho da água e fica olhando as banhistas. Elas descem envoltas num roupão de banho de flanela do qual se livram com um movimento gracioso, ao atingir a linha de espuma das pequenas ondas, e entram no mar com um passinho apressado, interrompido às vezes por um calafrio delicioso, por uma breve pausa na respiração.

Bem poucas resistem a essa prova de banho. Ali são julgadas, da panturrilha ao pescoço. Sobretudo a saída revela os defeitos, embora a água do mar seja um poderoso aliado das carnes flácidas.

A primeira vez que vi assim aquela moça, fiquei deslumbrado e seduzido. Tinha tudo no lugar, tudo firme. Além disso, existem rostos cujo encanto nos atinge bruscamente, nos invade de uma só feita. Temos a impressão de encontrar a mulher que nascemos para amar. Experimentei essa sensação e esse choque.

Apresentei-me e logo estava fisgado como até então nunca tinha sido. Ela devastava meu coração. É algo assustador e delicioso ser submetido dessa maneira ao domínio de uma mulher. É quase um suplício e, ao mesmo tempo, uma inacreditável felicidade. Seu olhar, seu sorriso, os cabelos da nuca quando a brisa os levantava, todas as mínimas linhas do seu rosto, os menores movimentos dos seus traços me encantavam, me transtornavam, me enlouqueciam. Ela me dominava pelo conjunto da obra, pelos gestos, pelas atitudes, até pelos acessórios que usava, que se tornavam enfeitiçantes. Eu me comovia ao observar o veuzinho de seu chapéu sobre um móvel, as luvas atiradas em uma poltrona. Seus modelitos me pareciam inigualáveis. Ninguém tinha chapéus iguais aos dela.

Era casada, mas o marido só aparecia aos sábados e saía às segundas-feiras. Aliás, eu era indiferente em relação a ele: não me provocava ciúme, não sei por que, e nunca uma pessoa me pareceu ter tão pouca importância na vida e atraiu tão pouco minha atenção como aquele homem.

Já ela, como eu a amava! E como era bela, graciosa e jovem! Era a mocidade, a elegância e o frescor em pessoa. Jamais eu percebera de semelhante maneira como a mulher é um ser bonito, fino, distinto, delicado, feito de encanto e de graça. Jamais eu atinara para o que há de beleza sedutora na curva de uma bochecha, no movimento de um lábio, nas dobras arredondas de uma orelhinha, no formato desse órgão ridículo que leva o nome de nariz.

Aquilo durou três meses, mas precisei partir para a América, com o coração estraçalhado de desespero. Porém, sua lembrança ficou marcada em mim, persistente, triunfante. Ela me dominava à distância como me dominara de perto. Anos se passaram. Eu não a esquecia. A sua imagem encantadora permanecia diante dos meus olhos e no meu coração. E eu continuava fielmente afeito a ela, uma afeição tranquila, agora, algo como a recordação amada do que eu encontrara de mais belo e de mais sedutor na vida.

Doze anos são tão pouco na existência de um homem! A gente nem os vê passar! Eles se extinguem um atrás do outro, devagar e rápido, lentos e apressados, cada um é longo e acaba tão ligeiro! E se acumulam tão depressa, deixam tão pouco vestígio atrás de si, desaparecem tão completamente que, ao nos virarmos para ver o tempo decorrido, não percebemos mais nada e não entendemos como foi que nos tornamos velhos.

Tinha a verdadeira impressão de que apenas alguns meses me separavam daquela temporada encantadora sobre os seixos de Étretat.

Na última primavera, ia jantar na casa de amigos em Maisons-Laffitte.

No momento em que o trem partia, uma dama gorda subiu no meu vagão, acompanhada por quatro filhinhas. Mal lancei uma olhadela sobre aquela mãe coruja, muito larga, muito redonda, com um rosto de lua cheia emoldurado por um chapéu com fitas.

Ela respirava com força, esbaforida por ter caminhado depressa. As crianças começaram a tagarelar. Abri meu jornal e me pus a ler.

Acabávamos de passar Asnières, quando minha vizinha de repente perguntou:

– Perdão, mas o senhor não é o sr. Carnier?

– Sou eu mesmo, senhora.

Ao que ela se pôs a rir, um riso contente de bondosa mulher e, no entanto, um pouco triste.

– O senhor não me reconhece?

Eu hesitava. De fato, acreditava ter visto em algum lugar aquele rosto. Mas onde? E quando? Respondi:

– Sim... e não... Sem dúvida a conheço, mas não consigo lembrar o seu nome.

Ela corou um pouco.

– Sra. Julie Lefèvre.

Nunca recebi um golpe como aquele. Em um segundo tive a sensação de que tudo estava acabado para mim! Sentia apenas que um véu se despedaçara diante dos meus olhos e que eu iria descobrir coisas pavorosas e desoladoras.

Seria ela?! Aquela mulher gorda e comum?! E tinha parido quatro filhas desde a última vez em que eu a vi. E aqueles rebentos me assombravam tanto quanto a própria mãe. Saíram dela, já estavam crescidos, ocuparam um lugar na vida, ao passo que ela já não contava mais com aquela maravilhosa graça atraente e fina. Parecia que a tinha visto ontem, e a reencontrava assim?! Seria possível? Uma violenta dor apertava meu coração e também uma revolta contra a própria natureza, uma indignação irracional contra aquela obra de destruição brutal, execrável.

Contemplava-a, atônito. Em seguida tomei sua mão, e lágrimas vieram aos meus olhos. Chorava sua juventude, chorava sua morte, pois eu não conhecia aquela dama gorda.

Também tocada, ela balbuciou:

– Mudei bastante, não é? O que o senhor queria? Tudo passa. Veja, virei uma mãe, nada além de uma mãe, uma boa mãe. Adeus para o resto, acabou! Sabia bem que o senhor não me reconheceria se alguma vez nos encontrássemos. Aliás, o senhor também mudou. Precisei de algum tempo para me certificar de não estar enganada. O senhor se tornou muito pálido. Imagine, já se passaram doze anos! Doze anos! Minha filha mais velha já tem dez.

Olhei para menina. Nela encontrei algo do antigo encanto de sua mãe, mas algo ainda impreciso, pouco formado, algo de próximo. E a vida me pareceu rápida como um trem que passa.

Chegávamos a Maisons-Laffitte. Beijei a mão da minha antiga amante. Nada encontrara para lhe dizer além de abomináveis banalidades. Estava transtornado demais para falar.

À noite, sozinho em casa, me analisei no espelho demorada, muito demoradamente. E acabei recordando o que eu tinha sido, ao reviver a lembrança de meu bigode escuro e meus cabelos pretos, assim como da aparência jovem do meu rosto. Agora, eu estava velho. Adeus!

Recordação

Quantas recordações da juventude me ocorrem sob o afago dos primeiros raios de sol! É uma fase em que tudo é bom, prazeroso, encantador, inebriante. Como são agradáveis as lembranças das primaveras idas!

Recordam-se, velhos amigos, meus irmãos, daqueles anos de alegria em que a vida não era senão triunfo e riso? Recordam-se dos dias de vadiagem em torno de Paris, da nossa resplandecente pobreza, dos passeios nos bosques verdejantes, das bebedeiras nos cabarés às margens do Sena e das aventuras amorosas tão banais e deliciosas?

Quero contar uma delas. Data de doze anos e tenho a impressão de que já está tão velha, tão velha, que me parece agora ocupar o outro extremo de minha vida, antes da curva, dessa detestável curva de onde percebi, de maneira inesperada, o fim da viagem.

Contava 25 anos na época. Acabava de chegar a Paris. Tinha um emprego em um ministério, e os domingos me pareciam como festas extraordinárias, repletas de exuberante felicidade, embora nunca nada de admirável acontecesse.

Hoje, todos os dias são domingos. Ainda assim, sinto falta do tempo em que só havia um por semana. Como era bom! Tinha seis francos para gastar!

Levantei cedinho naquela manhã, com essa sensação de liberdade que tão bem conhecem os funcionários públicos, essa sensação de libertação, de repouso, de tranquilidade, de independência.

Abri a janela. Fazia um tempo admirável. O céu todo azul se espalhava sobre a cidade, cheio de sol e de andorinhas.

Eu me vesti muito depressa e parti, querendo passar o dia nos bosques, respirando o cheiro das folhas. Isso porque sou de origem campestre e fui criado na relva e sob as árvores.

Paris despertava, alegre, no calor e na luz! As fachadas das casas brilhavam; os canarinhos dos zeladores cantavam nas gaiolas e uma exultação corria pela rua, iluminava os rostos, punha um sorriso por toda parte, como um contentamento misterioso dos seres e das coisas sob o claro sol nascente.

Ganhei o Sena para embarcar no *Andorinha*, que me deixaria em Saint-Cloud.

Como gostava daquela espera pelo barco sobre a plataforma flutuante! Tinha a sensação de que partiria para o fim do mundo, para regiões novas e maravilhosas. Via aparecer o barco, distante, distante, sob o arco da segunda ponte, muito pequeno, com o seu penacho de fumaça, depois maior, maior, aumentando sempre, até tomar na minha imaginação dimensões de transatlântico.

Ele atracava e eu subia.

Pessoas com seus melhores trajes já estavam a bordo, com roupas vistosas, laços brilhantes e rostos gordos e escarlates. Posicionava-me bem na proa, de pé, vendo desaparecer o cais, as árvores, as casas, as pontes. E de chofre percebia o grande viaduto da Point-du-Jour, que barrava o rio. Era o final de Paris, o começo da zona rural e o Sena, de repente, atrás da dupla linha dos arcos, se esparramava como se tivessem lhe restituído o espaço e a liberdade, se tornava de súbito o belo rio sossegado que vai correr através das planícies, ao pé das colinas arborizadas, no meio dos campos, à beira das florestas.

Após passar entre duas ilhas, o *Andorinha* ladeou uma encosta sinuosa, cujo verdor estava repleto de casas brancas. Uma voz anunciou: "Bas-Meudon", a seguir, mais adiante, "Sèvres", e ainda mais adiante, "Saint-Cloud".

Desci. Segui a passos largos, dentro da cidadezinha, a estrada que leva aos bosques. Trouxera um mapa dos arredores de Paris para não me perder nos caminhos que cruzam em todos os sentidos essas pequenas florestas por onde passeiam os parisienses.

Assim que fui para a sombra, estudei o meu itinerário, que, aliás, me pareceu perfeitamente simples. Dobraria à direita, depois à esquerda, outra vez à esquerda e chegaria a Versalhes à noite, para jantar.

De modo que comecei a caminhar devagar, sob as folhas novas, bebendo esse saboroso ar perfumado pelos brotos e pelas seivas. Andava a passos lentos, esquecido da papelada, da repartição, do chefe, dos colegas, dos dossiês, e sonhando com coisas felizes que não podiam deixar de me acontecer, com todo o desconhecido véu do futuro. Estava distraído com mil recordações da infância que esses cheiros do campo despertam em mim e seguia, completamente impregnado do encanto aromático, do encanto vivaz, do encanto palpitante dos bosques aquecidos pelo grande sol de junho.

Às vezes me sentava para olhar, ao longo de uma escarpa, todas as espécies de florzinhas cujos nomes sabia havia muito. Reconhecia todas como se fossem exatamente as mesmas vistas no passado, em minha terra natal. Eram amarelas, vermelhas, violetas, finas, graciosas, montadas sobre longos caules ou fincadas no chão. Insetos de todas as cores e de todas as formas, atarracados, esguios, constituição extraordinária, monstros assustadores e microscópicos saltavam sossegadamente para as folhas de relva, que se curvavam sob seu peso.

Logo adormeci algumas horas em um declive da grama e voltei a partir, descansado, revigorado por aquele cochilo.

Diante de mim se abriu uma aleia maravilhosa, cuja folhagem um pouco delgada deixava chover, por todos os lados do chão, gotas de sol que iluminavam margaridas brancas. A alameda se estendia sem fim, vazia e calma. Apenas uma vespa rechonchuda e solitária a seguia, zumbindo, parando de vez em quando para beber uma flor, que se inclinava sob ela, antes de prosseguir quase no mesmo instante e descansar de novo um pouco mais adiante. Seu corpo enorme parecia de veludo escuro riscado de amarelo, carregado por asas transparentes, extraordinariamente pequenas.

Foi quando percebi de repente, no fim da aleia, duas pessoas, um homem e uma mulher, que vinham em minha direção. Descontente por ser importunado em meu tranquilo passeio, ia entrar mata adentro quando tive a impressão de que me chamavam. De fato, a mulher agitava a sua sombrinha e o homem, só de camisa, a sobrecasaca por cima de um braço, levantava o outro em sinal de aflição.

Fui ao encontro deles. Caminhavam de modo apressado, ambos muito corados, ela a passinhos rápidos, ele a longas passadas. Seus rostos revelavam mau humor e cansaço.

A mulher sem demora me perguntou:

– Senhor, poderia me dizer onde estamos? A besta do meu marido fez com que nos perdêssemos, alegando conhecer perfeitamente a região.

Respondi com segurança:

– Senhora, estão indo rumo a Saint-Cloud e deixando Versalhes para trás.

Ela prosseguiu com um olhar de compaixão irritada para o esposo:

– Como? Estamos deixando Versalhes para trás? Mas é justamente lá que queremos jantar.

– Eu também, senhora, estou indo para lá.

Ela repetiu várias vezes, dando de ombros, "Meu Deus! Meu Deus! Meu Deus!" com esse tom de soberbo desprezo que têm as mulheres para expressar a sua irritação.

Era muito jovem, bonita, morena, com uma sombra de bigode sobre os lábios.

Quanto ao marido, suava e enxugava a testa. Era sem dúvida um casal de pequeno-burgueses parisienses. O homem parecia consternado, extenuado e desolado.

Murmurou:

– Mas, minha querida... foi você...

Ela não o deixou acabar:

– Fui eu?!... Ah?! Agora fui eu?! Fui eu quem quis sair sem informações, alegando que nunca me perderia? Fui eu quem quis virar à direita no alto da encosta, afirmando que reconhecia o caminho? Fui eu quem se encarregou de Cachou...

Ainda não terminara de falar quando o marido, como se tivesse enlouquecido, soltou um grito estridente, um longo grito de selvagem, que não se poderia escrever em língua alguma, mas que se assemelhava a "tiiitiiit".

A moça não pareceu nem se espantar nem se comover e continuou:

– É duro... como existem pessoas metidas a besta, que pretendem saber tudo! Fui eu quem no ano passado tomou o trem para Dieppe em vez de embarcar no de Havre, me diga, fui eu? Fui eu quem apostou que o sr. Letourneur morava na Rue des Martyrs?... Fui eu quem não queria acreditar que Céleste era uma ladra?...

E ela continuava com fúria, com uma velocidade de língua surpreendente, reunindo as acusações mais diversas, mais inesperadas e mais esmagadoras, provenientes de todas as situações íntimas da convivência a dois, reprovando o marido por todas as atitudes, todas as ideias, todas as condutas, todas as tentativas, todos os esforços, toda a sua vida desde o casamento até aquele momento.

Ele tentava contê-la, acalmá-la e gaguejava:

– Mas, minha queridinha... é inútil... na frente do senhor... Estamos fazendo um escândalo... Isso não interessa a ele...

E desviava seus lastimáveis olhos para a mata, como se quisesse sondar a profundeza misteriosa e pacífica para se atirar dentro dela, fugir, se esconder de todos os olhares. De vez em quando soltava um novo grito, um "tiiitiiit" prolongado, muito agudo. Julguei esse hábito como um tique nervoso.

A jovem, bruscamente, se virando para mim e mudando de tom com singularíssima rapidez, falou:

– Se permitir, seguiremos o caminho com o senhor para não nos perdermos outra vez e não corrermos o risco de dormir no bosque.

Eu me inclinei. Ela tomou meu braço e começou a falar de mil coisas, de sua própria pessoa, de sua vida, de sua família, de seu negócio. Tinham uma loja de luvas na Rue Saint-Lazare.

O marido caminhava ao lado dela, lançando sempre olhares ensandecidos para a espessidão das árvores e gritando "tiiitiiit" de tempos em tempos.

Enfim, perguntei:

– Por que o senhor grita assim?

Respondeu, com um ar pesaroso, desesperado:

– Por causa do meu pobre cão, que perdi.

– Como? Perdeu o seu cão?

– Sim. Ele estava com apenas um ano. Nunca tinha saído da loja. Quis trazê-lo para passear nos bosques. Como ele nunca tinha visto a relva, nem as folhas, ficou fora de si. Começou a correr ladrando e desapareceu na floresta. É preciso acrescentar que havia demonstrado muito medo da ferrovia, talvez isso tenha contribuído para que perdesse o juízo. Em vão o chamei: não voltou. Vai morrer de fome aí dentro.

A moça, sem se virar para o marido, articulou:

– Se você tivesse mantido o cão na coleira, isso não teria acontecido. Quando a pessoa é tola como você, não deve ter um cachorro.

Ele murmurou timidamente:

– Mas, minha querida, foi você...

Ela parou no mesmo instante e, o fitando nos olhos como se quisesse arrancá-los, recomeçou a lhe atirar na cara infinitas censuras.

Caía a tarde. O véu de bruma que cobre o campo no crepúsculo se estendia lentamente, e uma poesia flutuava, composta dessa sensação de frescor particular e encantador que enche os bosques com a aproximação da noite.

De repente, o homem parou e apalpou o corpo febrilmente:

– Oh! Creio que...

Ela o media:

– E então, o que foi?

– Não me dei conta de que estava com a sobrecasaca por cima do braço.

– E daí?

– Perdi a carteira... o dinheiro estava dentro.

Ela ferveu de cólera e sufocou de indignação.

– Só faltava mais essa! Como você é besta! Céus, como você é besta! Será possível que me casei com um tonto desses?! Pois bem, vá procurá-la e trate de encontrá-la. Vou junto com o senhor a Versalhes. Não estou com vontade de dormir no bosque.

Ele respondeu com delicadeza:

– Sim, minha querida. Onde nos encontraremos?

Como tivessem me recomendado um restaurante, eu o indiquei.

O marido deu meia-volta e, curvado para a terra, que o seu olhar ansioso percorria, gritando "tiiitiiit" a todo momento, se afastou.

Demorou a desaparecer. Mais espessa, a penumbra o apagava ao longe da alameda. Em breve não se distinguia mais a silhueta de seu corpo, mas por muito tempo deu para ouvir o seu "tiiit tiiit", "tiiit tiiit" lamurioso, mais agudo à medida que a noite se fazia mais negra.

Eu caminhava em um passo vigoroso, em um passo feliz, na doçura do crepúsculo, com aquela mulherzinha desconhecida que se apoiava em meu braço.

Procurava palavras galantes sem encontrá-las. Permanecia calado, perturbado, extasiado.

Contudo, de maneira abrupta, uma estrada cortou nossa aleia. Percebi à direita, em um vale, uma cidade inteira.

Qual seria, pois, aquela região?

Um homem passava. Perguntei a ele, que respondeu:

– Bougival.

Fiquei desconcertado.

– Como?! Bougival?! Tem certeza?

– É claro! Tenho sim!

A mulherzinha ria como uma louca.

Propus tomarmos uma carruagem para chegar a Versalhes. Ela respondeu:

– Não, de jeito nenhum. É muito divertido e estou com muita fome. No fundo, me sinto bem tranquila: meu marido vai encontrar o caminho certo. É um enorme privilégio para mim ficar livre dele durante algumas horas.

Ao que entramos em um restaurante à beira d'água e me atrevi a pedir um compartimento particular.

Palavra de honra, ela se embriagou para valer, cantou, tomou champanhe, cometeu todo tipo de loucura... até a maior de todas.

Foi o meu primeiro adultério.

A CONFISSÃO

Marguerite de Thérelles ia morrer. Embora contasse apenas 56 anos, parecia pelo menos ter 75. Arquejava, mais pálida do que os seus lençóis, sacudida por tremores horripilantes, o rosto crispado, o olhar desvairado, como se algo horrível tivesse aparecido para ela.

De joelhos ao lado do leito, sua irmã Suzanne, primogênita e seis anos mais velha, soluçava. Uma mesinha colocada próxima à cama da moribunda trazia, sobre uma toalha, duas velas acesas, pois era esperado o padre, que deveria dar a extrema-unção e fazer a última comunhão.

O apartamento apresentava aquele aspecto sinistro que têm os quartos dos que estão prestes a se extinguir, aquele ar de adeus desesperado. Frasquinhos estavam espalhados sobre os móveis, roupas atiradas pelos cantos, empurradas por um pontapé ou por uma vassourada. As próprias cadeiras em desordem pareciam assustadas, como se tivessem corrido para todos os lados. A temível morte estava ali, escondida, esperando.

A história das duas irmãs era comovente. Mencionavam-na até em lugares distantes e ela levara lágrimas a muitos olhos.

Suzanne, a mais velha, fora loucamente amada no passado por um rapaz a que também amava. Noivaram e só esperavam o dia marcado da cerimônia quando Henry de Sampierre morreu de súbito.

O desespero da moça foi atroz, e ela jurou nunca se casar. Cumpriu a palavra. Vestiu roupas de luto, que não mais abandonou.

Então a irmã, a irmãzinha Marguerite, que tinha só doze anos, veio certa manhã se jogar nos braços da mais velha e disse: "Irmã, não quero que você seja infeliz. Não quero que passe a vida toda chorando. Não vou abandoná-la nunca, nunca, nunca! Também não me casarei. Vou ficar do seu lado sempre, sempre, sempre".

Tocada por semelhante devotamento infantil, Suzanne a beijou, mas não acreditou naquilo.

Contudo, a menina também cumpriu sua palavra e, apesar dos insistentes pedidos dos pais e das súplicas da irmã mais velha, nunca se casou. Era bela, belíssima, recusou muitos rapazes que pareciam amá-la e não abandonou mais a irmã.

Viveram juntas todos os dias de sua existência, sem nem por uma única vez se separar. Andaram lado a lado, inseparavelmente unidas. Porém, Marguerite sempre pareceu triste, oprimida, mais melancólica do que a primogênita, como se talvez o seu sublime sacrifício a tivesse despedaçado. Envelheceu mais rápido, teve cabelos brancos a partir dos trinta anos e, indisposta com frequência, parecia padecer de um mal desconhecido, que a corroía.

Agora, morreria primeiro.

Nada falava havia 24 horas. Dissera somente, à primeira claridade da aurora:

– Vão buscar o pároco, chegou a hora.

E em seguida permanecera deitada de barriga para cima, sacudida de espasmos, os lábios agitados como se palavras terríveis lhe subissem do coração sem poder sair, o olhar ensandecido de pavor, horrível de se ver.

Dilacerada pela dor, a irmã chorava em desespero, com a fronte à beira da cama, e repetia:

– Margot, minha pobre Margot, minha irmãzinha!

Ela sempre a chamara de "irmãzinha", assim como a caçula sempre a tinha chamado de "irmã".

Ouviram-se passos na escada. A porta se abriu. Um coroinha apareceu, seguido do velho padre, de sobrepeliz. Assim que o avistou, a moribunda sentou-se de um salto, abriu os lábios, balbuciou duas ou três palavras e começou a arranhar o lençol com as unhas, como se quisesse fazer um buraco.

O abade Simon se aproximou, pegou a mão dela, deu um beijo em sua testa e, com uma voz doce, disse:

– Deus a perdoe, minha filha. Chegou a hora, coragem, fale!

Ao que Marguerite, tremendo da cabeça aos pés, balançando toda a cama com seus movimentos nervosos, balbuciou:

– Sente, irmã, e me escute.

O padre se inclinou para Suzanne, que continuava prostrada ao pé da cama, fez com que se levantasse, a colocou em uma poltrona e, tomando em cada uma de suas mãos uma das duas irmãs, pronunciou:

– Senhor, meu Pai! Enviai-lhes força, lançai sobre elas a Vossa misericórdia.

E Marguerite se pôs a falar. As palavras saíam de sua garganta uma a uma, roucas, escandidas, como extenuadas.

– Perdão, perdão, irmã, me perdoe! Oh! Se você soubesse como tive medo deste momento durante toda a minha vida!...

Suzanne gaguejou, banhada de lágrimas:

– Perdoar o que, irmãzinha? Por mim você deu e sacrificou tudo. Você é um anjo...

No entanto, Marguerite a interrompeu:

– Cale-se! Cale-se! Deixe-me contar... não me interrompa... É pavoroso... deixe-me contar tudo... até o final, fique parada... Ouça ... Você lembra... você lembra... Henry...

Suzanne estremeceu e olhou para a irmã. A caçula prosseguiu:

– Você precisa ouvir tudo para entender. Eu tinha doze anos, só doze anos, lembra, não é? E era mimada, fazia tudo o que queria!... Lembra como me mimavam?... Ouça... A primeira vez que ele veio, usava botas polidas, desceu do cavalo diante do alpendre e pediu desculpas pelas vestes, mas vinha trazer uma notícia a papai. Lembra, não é?... Não diga nada... ouça. Quando o vi, fiquei completamente enfeitiçada, de tanto que o achei bonito, e permaneci de pé em um canto do salão por todo o tempo que ele falou. As crianças são peculiares... e terríveis... Oh! Sim... sonhei com aquilo!

"Ele voltou... várias vezes... e eu o olhava com atenção, com toda a minha alma... Estava crescida para a minha idade... e muito mais esperta do que acreditavam. Ele voltou muitas vezes... Eu só pensava nele e pronunciava baixinho:

"– Henry... Henry de Sampierre!

"Depois disseram que ia se casar com você. Foi uma desilusão... Oh, irmã... uma desilusão... uma desilusão! Chorei três noites a fio, sem dormir. Ele vinha todos os dias, à tarde, após o almoço... lembra, não é? Não diga nada... ouça. Você fazia doces que ele adorava... com farinha, manteiga e leite... Oh, sei muito bem... Ainda faria de novo, se fosse preciso. Ele os engolia com uma só bocada e logo bebia um copo de vinho... antes de comentar: 'Está uma delícia'. Lembra como ele dizia isso?

"Eu morria de ciúme, morria de ciúme!... A data do seu casamento se aproximava. Só faltavam quinze dias. Eu estava fora de mim e refletia com meus botões: 'Ele não vai se casar com Suzanne, não, eu não quero!... Vai se casar comigo, quando eu crescer'. Nunca encontrei alguém que amasse tanto... Mas certa noite, dez dias antes da cerimônia, você passeava com ele ao luar, em frente ao castelo... e ali... sob o pinheiro, o grande pinheiro... ele beijou... beijou você... apertando-a em seus braços... por tanto tempo... Lembra, não é? Era provavelmente a primeira vez... sim... Você estava tão pálida ao voltar ao salão!

"Eu vi vocês, estava ali, no bosque. Fiquei com raiva! Se pudesse, teria matado os dois!

"Pensei: 'Ele não vai se casar com Suzanne, nunca! Não vai se casar com ninguém'. Eu seria infeliz demais... E de repente comecei a odiá-lo assustadoramente.

"Então, sabe o que fiz?... Ouça. Tinha visto o jardineiro preparar bolas para matar os vira-latas. Ele raspava uma garrafa com uma pedra e colocava o vidro moído em uma bolinha de carne.

"Peguei no quarto da mamãe um pequeno frasco de remédio, esmigalhei-o com um martelo e escondi o vidro no bolso. Era um pó brilhante... No dia seguinte, como você tinha acabado de fazer os docinhos, eu os abri com uma faca e pus o vidro dentro... Ele comeu três... eu comi um também... Joguei os outros seis no lago... os dois cisnes morreram três dias depois... Lembra?... Oh! não diga nada... ouça, ouça... Só eu não morri... mas fiquei doente para sempre... ouça... Ele morreu... como você sabe... ouça... isso não é nada... É depois, mais tarde... sempre... o mais terrível... ouça...

"Minha vida, toda a minha vida... que tortura! Disse a mim mesma: 'Não abandonarei mais a minha irmã. E contarei tudo para ela, no leito de morte'... Essa é a história. E desde então tenho imaginado sempre este instante, este instante em que lhe falaria tudo... E a hora chegou... É terrível!... Oh!... irmã!

"Pensei o tempo todo, de manhã e de tarde, de dia e de noite: 'Precisarei contar isso em algum momento'... Eu esperava... Que suplício!... Está feito... Não diga nada... Agora estou com medo... estou com medo... ai, com medo! Se encontrá-lo outra vez, logo, logo, quando morrer... Encontrá-lo outra vez... já imaginou?... A primeira!... Não vou ter coragem... É preciso... Vou morrer... Quero que você me perdoe. Quero... Não posso ir embora sem isso, diante dele. Oh! Peça a ela que me perdoe, seu pároco, peça... Eu lhe imploro! Não posso morrer sem isso..."

Calou-se e permaneceu arquejante, continuando a arranhar o lençol com as unhas crispadas...

Suzanne escondera o rosto atrás das mãos e não se mexia mais. Pensava naquele que poderia ter amado durante tanto tempo. Que vida feliz teriam! Ela o revia, no passado despedaçado, no longínquo passado para sempre extinto. Entes queridos! Como nos dilaceram o coração! Oh! Aquele beijo, seu único beijo! Guardara-o na alma. E então nenhum outro, nenhum outro em toda a sua existência!...

O padre de súbito se pôs de pé e, com voz forte, vibrante, exclamou:

– Srta. Suzanne, sua irmã vai morrer!

Ao que, abrindo as mãos, Suzanne mostrou seu rosto marejado de lágrimas e, se curvando sobre a irmã, a beijou com toda força, balbuciando:

– Perdoo você, perdoo você, irmãzinha...

Coleção **L&PM** POCKET (últimos lançamentos)

637. **Pistoleiros também mandam flores** – David Coimbra
638. **O prazer das palavras** – vol. 1 – Cláudio Moreno
639. **O prazer das palavras** – vol. 2 – Cláudio Moreno
640. **Novíssimo testamento: com Deus e o diabo, a dupla da criação** – Iotti
641. **Literatura Brasileira: modos de usar** – Luís Augusto Fischer
642. **Dicionário de Porto-Alegrês** – Luís A. Fischer
643. **Clô Dias & Noites** – Sérgio Jockymann
644. **Memorial de Isla Negra** – Pablo Neruda
645. **Um homem extraordinário e outras histórias** – Tchékhov
646. **Ana sem terra** – Alcy Cheuiche
647. **Adultérios** – Woody Allen
651. **Snoopy: Posso fazer uma pergunta, professora? (5)** – Charles Schulz
652(10). **Luís XVI** – Bernard Vincent
653. **O mercador de Veneza** – Shakespeare
654. **Cancioneiro** – Fernando Pessoa
655. **Non-Stop** – Martha Medeiros
656. **Carpinteiros, levantem bem alto a cumeeira & Seymour, uma apresentação** – J.D.Salinger
657. **Ensaios céticos** – Bertrand Russell
658. **O melhor de Hagar 5** – Dik e Chris Browne
659. **Primeiro amor** – Ivan Turguêniev
660. **A trégua** – Mario Benedetti
661. **Um parque de diversões da cabeça** – Lawrence Ferlinghetti
662. **Aprendendo a viver** – Sêneca
663. **Garfield, um gato em apuros (9)** – Jim Davis
664. **Dilbert (1)** – Scott Adams
666. **A imaginação** – Jean-Paul Sartre
667. **O ladrão e os cães** – Naguib Mahfuz
669. **A volta do parafuso** seguido de **Daisy Miller** – Henry James
670. **Notas do subsolo** – Dostoiévski
671. **Abobrinhas da Brasilônia** – Glauco
672. **Geraldão (3)** – Glauco
673. **Piadas para sempre (3)** – Visconde da Casa Verde
674. **Duas viagens ao Brasil** – Hans Staden
676. **A arte da guerra** – Maquiavel
677. **Além do bem e do mal** – Nietzsche
678. **O coronel Chabert** seguido de **A mulher abandonada** – Balzac
679. **O sorriso de marfim** – Ross Macdonald
680. **100 receitas de pescados** – Sílvio Lancellotti
681. **O juiz e seu carrasco** – Friedrich Dürrenmatt
682. **Noites brancas** – Dostoiévski
683. **Quadras ao gosto popular** – Fernando Pessoa
685. **Kaos** – Millôr Fernandes
686. **A pele de onagro** – Balzac
687. **As ligações perigosas** – Choderlos de Laclos
689. **Os Lusíadas** – Luís Vaz de Camões
690(11). **Átila** – Éric Deschodt
691. **Um jeito tranqüilo de matar** – Chester Himes
692. **A felicidade conjugal** seguido de **O diabo** – Tolstói
693. **Viagem de um naturalista ao redor do mundo** – vol. 1 – Charles Darwin
694. **Viagem de um naturalista ao redor do mundo** – vol. 2 – Charles Darwin
695. **Memórias da casa dos mortos** – Dostoiévski
696. **A Celestina** – Fernando de Rojas
697. **Snoopy: Como você é azarado, Charlie Brown! (6)** – Charles Schulz
698. **Dez (quase) amores** – Claudia Tajes
699. **Poirot sempre espera** – Agatha Christie
701. **Apologia de Sócrates** precedido de **Êutifron** e seguido de **Críton** – Platão
702. **Wood & Stock** – Angeli
703. **Striptiras (3)** – Laerte
704. **Discurso sobre a origem e os fundamentos da desigualdade entre os homens** – Rousseau
705. **Os duelistas** – Joseph Conrad
706. **Dilbert (2)** – Scott Adams
707. **Viver e escrever** (vol. 1) – Edla van Steen
708. **Viver e escrever** (vol. 2) – Edla van Steen
709. **Viver e escrever** (vol. 3) – Edla van Steen
710. **A teia da aranha** – Agatha Christie
711. **O banquete** – Platão
712. **Os belos e malditos** – F. Scott Fitzgerald
713. **Libelo contra a arte moderna** – Salvador Dalí
714. **Akropolis** – Valerio Massimo Manfredi
715. **Devoradores de mortos** – Michael Crichton
716. **Sob o sol da Toscana** – Frances Mayes
717. **Batom na cueca** – Nani
718. **Vida dura** – Claudia Tajes
719. **Carne trêmula** – Ruth Rendell
720. **Cris, a fera** – David Coimbra
721. **O anticristo** – Nietzsche
722. **Como um romance** – Daniel Pennac
723. **Emboscada no Forte Bragg** – Tom Wolfe
724. **Assédio sexual** – Michael Crichton
725. **O espírito do Zen** – Alan W.Watts
726. **Um bonde chamado desejo** – Tennessee Williams
727. **Como gostais** seguido de **Conto de inverno** – Shakespeare
728. **Tratado sobre a tolerância** – Voltaire
729. **Snoopy: Doces ou travessuras? (7)** – Charles Schulz
730. **Cardápios do Anonymus Gourmet** – J.A. Pinheiro Machado
731. **100 receitas com lata** – J.A. Pinheiro Machado
732. **Conhece o Mário?** vol.2 – Santiago
733. **Dilbert (3)** – Scott Adams
734. **História de um louco amor** seguido de **Passado amor** – Horacio Quiroga
735(11). **Sexo: muito prazer** – Laura Meyer da Silva
736(12). **Para entender o adolescente** – Dr. Ronald Pagnoncelli

737(13).**Desembarcando a tristeza** – Dr. Fernando Lucchese
738.**Poirot e o mistério da arca espanhola & outras histórias** – Agatha Christie
739.**A última legião** – Valerio Massimo Manfredi
741.**Sol nascente** – Michael Crichton
742.**Duzentos ladrões** – Dalton Trevisan
743.**Os devaneios do caminhante solitário** – Rousseau
744.**Garfield, o rei da preguiça (10)** – Jim Davis
745.**Os magnatas** – Charles R. Morris
746.**Pulp** – Charles Bukowski
747.**Enquanto agonizo** – William Faulkner
748.**Aline: viciada em sexo (3)** – Adão Iturrusgarai
749.**A dama do cachorrinho** – Anton Tchékhov
750.**Tito Andrônico** – Shakespeare
751.**Antologia poética** – Anna Akhmátova
752.**O melhor de Hagar 6** – Dik e Chris Browne
753(12).**Michelangelo** – Nadine Sautel
754.**Dilbert (4)** – Scott Adams
755.**O jardim das cerejeiras** seguido de **Tio Vânia** – Tchékhov
756.**Geração Beat** – Claudio Willer
757.**Santos Dumont** – Alcy Cheuiche
758.**Budismo** – Claude B. Levenson
759.**Cleópatra** – Christian-Georges Schwentzel
760.**Revolução Francesa** – Frédéric Bluche, Stéphane Rials and Jean Tulard
761.**A crise de 1929** – Bernard Gazier
762.**Sigmund Freud** – Edson Sousa e Paulo Endo
763.**Império Romano** – Patrick Le Roux
764.**Cruzadas** – Cécile Morrisson
765.**O mistério do Trem Azul** – Agatha Christie
768.**Senso comum** – Thomas Paine
769.**O parque dos dinossauros** – Michael Crichton
770.**Trilogia da paixão** – Goethe
773.**Snoopy: No mundo da lua! (8)** – Charles Schulz
774.**Os Quatro Grandes** – Agatha Christie
775.**Um brinde de cianureto** – Agatha Christie
776.**Súplicas atendidas** – Truman Capote
779.**A viúva imortal** – Millôr Fernandes
780.**Cabala** – Roland Goetschel
781.**Capitalismo** – Claude Jessua
782.**Mitologia grega** – Pierre Grimal
783.**Economia: 100 palavras-chave** – Jean-Paul Betbèze
784.**Marxismo** – Henri Lefebvre
785.**Punição para a inocência** – Agatha Christie
786.**A extravagância do morto** – Agatha Christie
787(13).**Cézanne** – Bernard Fauconnier
788.**A identidade Bourne** – Robert Ludlum
789.**Da tranquilidade da alma** – Sêneca
790.**Um artista da fome** seguido de **Na colônia penal e outras histórias** – Kafka
791.**Histórias de fantasmas** – Charles Dickens
796.**O Uraguai** – Basílio da Gama
797.**A mão misteriosa** – Agatha Christie
798.**Testemunha ocular do crime** – Agatha Christie
799.**Crepúsculo dos ídolos** – Friedrich Nietzsche
802.**O grande golpe** – Dashiell Hammett
803.**Humor barra pesada** – Nani
804.**Vinho** – Jean-François Gautier
805.**Egito Antigo** – Sophie Desplancques
806(14).**Baudelaire** – Jean-Baptiste Baronian
807.**Caminho da sabedoria, caminho da paz** – Dalai Lama e Felizitas von Schönborn
808.**Senhor e servo e outras histórias** – Tolstói
809.**Os cadernos de Malte Laurids Brigge** – Rilke
810.**Dilbert (5)** – Scott Adams
811.**Big Sur** – Jack Kerouac
812.**Seguindo a correnteza** – Agatha Christie
813.**O álibi** – Sandra Brown
814.**Montanha-russa** – Martha Medeiros
815.**Coisas da vida** – Martha Medeiros
816.**A cantada infalível** seguido de **A mulher do centroavante** – David Coimbra
819.**Snoopy: Pausa para a soneca (9)** – Charles Schulz
820.**De pernas pro ar** – Eduardo Galeano
821.**Tragédias gregas** – Pascal Thiercy
822.**Existencialismo** – Jacques Colette
823.**Nietzsche** – Jean Granier
824.**Amar ou depender?** – Walter Riso
825.**Darmapada: A doutrina budista em versos**
826.**J'Accuse...! – a verdade em marcha** – Zola
827.**Os crimes ABC** – Agatha Christie
828.**Um gato entre os pombos** – Agatha Christie
831.**Dicionário de teatro** – Luiz Paulo Vasconcellos
832.**Cartas extraviadas** – Martha Medeiros
833.**A longa viagem de prazer** – J. J. Morosoli
834.**Receitas fáceis** – J. A. Pinheiro Machado
835.(14).**Mais fatos & mitos** – Dr. Fernando Lucchese
836.(15).**Boa viagem!** – Dr. Fernando Lucchese
837.**Aline: Finalmente nua!!! (4)** – Adão Iturrusgarai
838.**Mônica tem uma novidade!** – Mauricio de Sousa
839.**Cebolinha em apuros!** – Mauricio de Sousa
840.**Sócios no crime** – Agatha Christie
841.**Bocas do tempo** – Eduardo Galeano
842.**Orgulho e preconceito** – Jane Austen
843.**Impressionismo** – Dominique Lobstein
844.**Escrita chinesa** – Viviane Alleton
845.**Paris: uma história** – Yvan Combeau
846(15).**Van Gogh** – David Haziot
848.**Portal do destino** – Agatha Christie
849.**O futuro de uma ilusão** – Freud
850.**O mal-estar na cultura** – Freud
853.**Um crime adormecido** – Agatha Christie
854.**Satori em Paris** – Jack Kerouac
855.**Medo e delírio em Las Vegas** – Hunter Thompson
856.**Um negócio fracassado e outros contos de humor** – Tchékhov
857.**Mônica está de férias!** – Mauricio de Sousa
858.**De quem é esse coelho?** – Mauricio de Sousa
860.**O mistério Sittaford** – Agatha Christie
861.**Manhã transfigurada** – L. A. de Assis Brasil
862.**Alexandre, o Grande** – Pierre Briant
863.**Jesus** – Charles Perrot

864. **Islã** – Paul Balta
865. **Guerra da Secessão** – Farid Ameur
866. **Um rio que vem da Grécia** – Cláudio Moreno
868. **Assassinato na casa do pastor** – Agatha Christie
869. **Manual do líder** – Napoleão Bonaparte
870(16). **Billie Holiday** – Sylvia Fol
871. **Bidu arrasando!** – Mauricio de Sousa
872. **Desventuras em família** – Mauricio de Sousa
874. **E no final a morte** – Agatha Christie
875. **Guia prático do Português correto – vol. 4** – Cláudio Moreno
876. **Dilbert (6)** – Scott Adams
877(17). **Leonardo da Vinci** – Sophie Chauveau
878. **Bella Toscana** – Frances Mayes
879. **A arte da ficção** – David Lodge
880. **Striptiras (4)** – Laerte
881. **Skrotinhos** – Angeli
882. **Depois do funeral** – Agatha Christie
883. **Radicci 7** – Iotti
884. **Walden** – H. D. Thoreau
885. **Lincoln** – Allen C. Guelzo
886. **Primeira Guerra Mundial** – Michael Howard
887. **A linha de sombra** – Joseph Conrad
888. **O amor é um cão dos diabos** – Bukowski
890. **Despertar: uma vida de Buda** – Jack Kerouac
891(18). **Albert Einstein** – Laurent Seksik
892. **Hell's Angels** – Hunter Thompson
893. **Ausência na primavera** – Agatha Christie
894. **Dilbert (7)** – Scott Adams
895. **Ao sul do lugar nenhum** – Bukowski
896. **Maquiavel** – Quentin Skinner
897. **Sócrates** – C.C.W. Taylor
899. **O Natal de Poirot** – Agatha Christie
900. **As veias abertas da América Latina** – Eduardo Galeano
901. **Snoopy: Sempre alerta! (10)** – Charles Schulz
902. **Chico Bento: Plantando confusão** – Mauricio de Sousa
903. **Penadinho: Quem é morto sempre aparece** – Mauricio de Sousa
904. **A vida sexual da mulher feia** – Claudia Tajes
905. **100 segredos de liquidificador** – José Antonio Pinheiro Machado
906. **Sexo muito prazer 2** – Laura Meyer da Silva
907. **Os nascimentos** – Eduardo Galeano
908. **As caras e as máscaras** – Eduardo Galeano
909. **O século do vento** – Eduardo Galeano
910. **Poirot perde uma cliente** – Agatha Christie
911. **Cérebro** – Michael O'Shea
912. **O escaravelho de ouro e outras histórias** – Edgar Allan Poe
913. **Piadas para sempre (4)** – Visconde da Casa Verde
914. **100 receitas de massas light** – Helena Tonetto
915(19). **Oscar Wilde** – Daniel Salvatore Schiffer
916. **Uma breve história do mundo** – H. G. Wells
917. **A Casa do Penhasco** – Agatha Christie
919. **John M. Keynes** – Bernard Gazier
920(20). **Virginia Woolf** – Alexandra Lemasson
921. **Peter e Wendy** *seguido de* **Peter Pan em Kensington Gardens** – J. M. Barrie
922. **Aline: numas de colegial (5)** – Adão Iturrusgarai
923. **Uma dose mortal** – Agatha Christie
924. **Os trabalhos de Hércules** – Agatha Christie
926. **Kant** – Roger Scruton
927. **A inocência do Padre Brown** – G.K. Chesterton
928. **Casa Velha** – Machado de Assis
929. **Marcas de nascença** – Nancy Huston
930. **Aulete de bolso**
931. **Hora Zero** – Agatha Christie
932. **Morte na Mesopotâmia** – Agatha Christie
934. **Nem te conto, João** – Agatha Christie
935. **As aventuras de Huckleberry Finn** – Mark Twain
936(21). **Marilyn Monroe** – Anne Plantagenet
937. **China moderna** – Rana Mitter
938. **Dinossauros** – David Norman
939. **Louca por homem** – Claudia Tajes
940. **Amores de alto risco** – Walter Riso
941. **Jogo de damas** – David Coimbra
942. **Filha é filha** – Agatha Christie
943. **M ou N?** – Agatha Christie
945. **Bidu: diversão em dobro!** – Mauricio de Sousa
946. **Fogo** – Anaïs Nin
947. **Rum: diário de um jornalista bêbado** – Hunter Thompson
948. **Persuasão** – Jane Austen
949. **Lágrimas na chuva** – Sergio Faraco
950. **Mulheres** – Bukowski
951. **Um pressentimento funesto** – Agatha Christie
952. **Cartas na mesa** – Agatha Christie
954. **O lobo do mar** – Jack London
955. **Os gatos** – Patricia Highsmith
956(22). **Jesus** – Christiane Rancé
957. **História da medicina** – William Bynum
958. **O Morro dos Ventos Uivantes** – Emily Brontë
959. **A filosofia na era trágica dos gregos** – Nietzsche
960. **Os treze problemas** – Agatha Christie
961. **A massagista japonesa** – Moacyr Scliar
963. **Humor do miserê** – Nani
964. **Todo o mundo tem dúvida, inclusive você** – Édison de Oliveira
965. **A dama do Bar Nevada** – Sergio Faraco
968. **O psicopata americano** – Bret Easton Ellis
970. **Ensaios de amor** – Alain de Botton
971. **O grande Gatsby** – F. Scott Fitzgerald
972. **Por que não sou cristão** – Bertrand Russell
973. **A Casa Torta** – Agatha Christie
974. **Encontro com a morte** – Agatha Christie
975(23). **Rimbaud** – Jean-Baptiste Baronian
976. **Cartas na rua** – Bukowski
977. **Memória** – Jonathan K. Foster
978. **A abadia de Northanger** – Jane Austen
979. **As pernas de Úrsula** – Claudia Tajes
980. **Retrato inacabado** – Agatha Christie
981. **Solanin (1)** – Inio Asano
982. **Solanin (2)** – Inio Asano

983. **Aventuras de menino** – Mitsuru Adachi
984.(16).**Fatos & mitos sobre sua alimentação** – Dr. Fernando Lucchese
985. **Teoria quântica** – John Polkinghorne
986. **O eterno marido** – Fiódor Dostoiévski
987. **Um safado em Dublin** – J. P. Donleavy
988. **Mirinha** – Dalton Trevisan
989. **Akhenaton e Nefertiti** – Carmen Seganfredo e A. S. Franchini
990. **On the Road – o manuscrito original** – Jack Kerouac
991. **Relatividade** – Russell Stannard
992. **Abaixo de zero** – Bret Easton Ellis
993.(24).**Andy Warhol** – Mériam Korichi
995. **Os últimos casos de Miss Marple** – Agatha Christie
996. **Nico Demo** – Mauricio de Sousa
998. **Rousseau** – Robert Wokler
999. **Noite sem fim** – Agatha Christie
1000. **Diários de Andy Warhol (1)** – Editado por Pat Hackett
1001. **Diários de Andy Warhol (2)** – Editado por Pat Hackett
1002. **Cartier-Bresson: o olhar do século** – Pierre Assouline
1003. **As melhores histórias da mitologia: vol. 1** – A.S. Franchini e Carmen Seganfredo
1004. **As melhores histórias da mitologia: vol. 2** – A.S. Franchini e Carmen Seganfredo
1005. **Assassinato no beco** – Agatha Christie
1006. **Convite para um homicídio** – Agatha Christie
1008. **História da vida** – Michael J. Benton
1009. **Jung** – Anthony Stevens
1010. **Arsène Lupin, ladrão de casaca** – Maurice Leblanc
1011. **Dublinenses** – James Joyce
1012. **120 tirinhas da Turma da Mônica** – Mauricio de Sousa
1013. **Antologia poética** – Fernando Pessoa
1014. **A aventura de um cliente ilustre** *seguido de* **O último adeus de Sherlock Holmes** – Sir Arthur Conan Doyle
1015. **Cenas de Nova York** – Jack Kerouac
1016. **A corista** – Anton Tchékhov
1017. **O diabo** – Leon Tolstói
1018. **Fábulas chinesas** – Sérgio Capparelli e Márcia Schmaltz
1019. **O gato do Brasil** – Sir Arthur Conan Doyle
1020. **Missa do Galo** – Machado de Assis
1021. **O mistério de Marie Rogêt** – Edgar Allan Poe
1022. **A mulher mais linda da cidade** – Bukowski
1023. **O retrato** – Nicolai Gogol
1024. **O conflito** – Agatha Christie
1025. **Os primeiros casos de Poirot** – Agatha Christie
1027.(25).**Beethoven** – Bernard Fauconnier
1028. **Platão** – Julia Annas
1029. **Cleo e Daniel** – Roberto Freire
1030. **Til** – José de Alencar
1031. **Viagens na minha terra** – Almeida Garrett

1032. **Profissões para mulheres e outros artigos feministas** – Virginia Woolf
1033. **Mrs. Dalloway** – Virginia Woolf
1034. **O cão da morte** – Agatha Christie
1035. **Tragédia em três atos** – Agatha Christie
1037. **O fantasma da Ópera** – Gaston Leroux
1038. **Evolução** – Brian e Deborah Charlesworth
1039. **Medida por medida** – Shakespeare
1040. **Razão e sentimento** – Jane Austen
1041. **A obra-prima ignorada** *seguido de* **Um episódio durante o Terror** – Balzac
1042. **A fugitiva** – Anaïs Nin
1043. **As grandes histórias da mitologia greco-romana** – A. S. Franchini
1044. **O corno de si mesmo & outras historietas** – Marquês de Sade
1045. **Da felicidade** *seguido de* **Da vida retirada** – Sêneca
1046. **O horror em Red Hook e outras histórias** – H. P. Lovecraft
1047. **Noite em claro** – Martha Medeiros
1048. **Poemas clássicos chineses** – Li Bai, Du Fu e Wang Wei
1049. **A terceira moça** – Agatha Christie
1050. **Um destino ignorado** – Agatha Christie
1051.(26).**Buda** – Sophie Royer
1052. **Guerra Fria** – Robert J. McMahon
1053. **Simons's Cat: as aventuras de um gato travesso e comilão – vol. 1** – Simon Tofield
1054. **Simons's Cat: as aventuras de um gato travesso e comilão – vol. 2** – Simon Tofield
1055. **Só as mulheres e as baratas sobreviverão** – Claudia Tajes
1057. **Pré-história** – Chris Gosden
1058. **Pintou sujeira!** – Mauricio de Sousa
1059. **Contos de Mamãe Gansa** – Charles Perrault
1060. **A interpretação dos sonhos: vol. 1** – Freud
1061. **A interpretação dos sonhos: vol. 2** – Freud
1062. **Frufru Rataplã Dolores** – Dalton Trevisan
1063. **As melhores histórias da mitologia egípcia** – Carmem Seganfredo e A.S. Franchini
1064. **Infância. Adolescência. Juventude** – Tolstói
1065. **As consolações da filosofia** – Alain de Botton
1066. **Diários de Jack Kerouac – 1947-1954**
1067. **Revolução Francesa – vol. 1** – Max Gallo
1068. **Revolução Francesa – vol. 2** – Max Gallo
1069. **O detetive Parker Pyne** – Agatha Christie
1070. **Memórias do esquecimento** – Flávio Tavares
1071. **Drogas** – Leslie Iversen
1072. **Manual de ecologia (vol.2)** – J. Lutzenberger
1073. **Como andar no labirinto** – Affonso Romano de Sant'Anna
1074. **A orquídea e o serial killer** – Juremir Machado da Silva
1075. **Amor nos tempos de fúria** – Lawrence Ferlinghetti
1076. **A aventura do pudim de Natal** – Agatha Christie
1078. **Amores que matam** – Patricia Faur
1079. **Histórias de pescador** – Mauricio de Sousa

1080. Pedaços de um caderno manchado de vinho – Bukowski
1081. A ferro e fogo: tempo de solidão (vol.1) – Josué Guimarães
1082. A ferro e fogo: tempo de guerra (vol.2) – Josué Guimarães
1084.(17). **Desembarcando o Alzheimer** – Dr. Fernando Lucchese e Dra. Ana Hartmann
1085. A maldição do espelho – Agatha Christie
1086. Uma breve história da filosofia – Nigel Warburton
1088. Heróis da História – Will Durant
1089. Concerto campestre – L. A. de Assis Brasil
1090. Morte nas nuvens – Agatha Christie
1092. Aventura em Bagdá – Agatha Christie
1093. O cavalo amarelo – Agatha Christie
1094. O método de interpretação dos sonhos – Freud
1095. Sonetos de amor e desamor – Vários
1096. 120 tirinhas do Dilbert – Scott Adams
1097. 200 fábulas de Esopo
1098. O curioso caso de Benjamin Button – F. Scott Fitzgerald
1099. Piadas para sempre: uma antologia para morrer de rir – Visconde da Casa Verde
1100. Hamlet (Mangá) – Shakespeare
1101. A arte da guerra (Mangá) – Sun Tzu
1104. As melhores histórias da Bíblia (vol.1) – A. S. Franchini e Carmen Seganfredo
1105. As melhores histórias da Bíblia (vol.2) – A. S. Franchini e Carmen Seganfredo
1106. Psicologia das massas e análise do eu – Freud
1107. Guerra Civil Espanhola – Helen Graham
1108. A autoestrada do sul e outras histórias – Julio Cortázar
1109. O mistério dos sete relógios – Agatha Christie
1110. **Peanuts: Ninguém gosta de mim... (amor)** – Charles Schulz
1111. Cadê o bolo? – Mauricio de Sousa
1112. O filósofo ignorante – Voltaire
1113. Totem e tabu – Freud
1114. Filosofia pré-socrática – Catherine Osborne
1115. Desejo de status – Alain de Botton
1118. Passageiro para Frankfurt – Agatha Christie
1120. Kill All Enemies – Melvin Burgess
1121. A morte da sra. McGinty – Agatha Christie
1122. Revolução Russa – S. A. Smith
1123. Até você, Capitu? – Dalton Trevisan
1124. O grande Gatsby (Mangá) – F. S. Fitzgerald
1125. Assim falou Zaratustra (Mangá) – Nietzsche
1126. **Peanuts: É para isso que servem os amigos (amizade)** – Charles Schulz
1127.(27). **Nietzsche** – Dorian Astor
1128. Bidu: Hora do banho – Mauricio de Sousa
1129. O melhor do Macanudo Taurino – Santiago
1130. Radicci 30 anos – Iotti
1131. Show de sabores – J.A. Pinheiro Machado
1132. O prazer das palavras – vol. 3 – Cláudio Moreno
1133. Morte na praia – Agatha Christie
1134. O fardo – Agatha Christie
1135. **Manifesto do Partido Comunista (Mangá)** – Marx & Engels
1136. **A metamorfose (Mangá)** – Franz Kafka
1137. Por que você não se casou... ainda – Tracy McMillan
1138. Textos autobiográficos – Bukowski
1139. A importância de ser prudente – Oscar Wilde
1140. Sobre a vontade na natureza – Arthur Schopenhauer
1141. Dilbert (8) – Scott Adams
1142. Entre dois amores – Agatha Christie
1143. Cipreste triste – Agatha Christie
1144. Alguém viu uma assombração? – Mauricio de Sousa
1145. Mandela – Elleke Boehmer
1146. Retrato do artista quando jovem – James Joyce
1147. Zadig ou o destino – Voltaire
1148. O contrato social (Mangá) – J.-J. Rousseau
1149. Garfield fenomenal – Jim Davis
1150. A queda da América – Allen Ginsberg
1151. Música na noite & outros ensaios – Aldous Huxley
1152. Poesias inéditas & Poemas dramáticos – Fernando Pessoa
1153. Peanuts: Felicidade é... – Charles M. Schulz
1154. Mate-me por favor – Legs McNeil e Gillian McCain
1155. Assassinato no Expresso Oriente – Agatha Christie
1156. Um punhado de centeio – Agatha Christie
1157. A interpretação dos sonhos (Mangá) – Freud
1158. Peanuts: Você não entende o sentido da vida – Charles M. Schulz
1159. A dinastia Rothschild – Herbert R. Lottman
1160. A Mansão Hollow – Agatha Christie
1161. Nas montanhas da loucura – H.P. Lovecraft
1162.(28). **Napoleão Bonaparte** – Pascale Fautrier
1163. Um corpo na biblioteca – Agatha Christie
1164. Inovação – Mark Dodgson e David Gann
1165. O que toda mulher deve saber sobre os homens: a afetividade masculina – Walter Riso
1166. O amor está no ar – Mauricio de Sousa
1167. Testemunha de acusação & outras histórias – Agatha Christie
1168. Etiqueta de bolso – Celia Ribeiro
1169. Poesia reunida (volume 3) – Affonso Romano de Sant'Anna
1170. Emma – Jane Austen
1171. Que seja um segredo – Ana Miranda
1172. Garfield sem apetite – Jim Davis
1173. Garfield: Foi mal... – Jim Davis
1174. Os irmãos Karamázov (Mangá) – Dostoiévski
1175. O Pequeno Príncipe – Antoine de Saint-Exupéry
1176. Peanuts: Ninguém mais tem o espírito aventureiro – Charles M. Schulz
1177. Assim falou Zaratustra – Nietzsche

1178. **Morte no Nilo** – Agatha Christie
1179. **Ê, soneca boa** – Mauricio de Sousa
1180. **Garfield a todo o vapor** – Jim Davis
1181. **Em busca do tempo perdido (Mangá)** – Proust
1182. **Cai o pano: o último caso de Poirot** – Agatha Christie
1183. **Livro para colorir e relaxar** – Livro 1
1184. **Para colorir sem parar**
1185. **Os elefantes não esquecem** – Agatha Christie
1186. **Teoria da relatividade** – Albert Einstein
1187. **Compêndio de psicanálise** – Freud
1188. **Visões de Gerard** – Jack Kerouac
1189. **Fim de verão** – Mohiro Kitoh
1190. **Procurando diversão** – Mauricio de Sousa
1191. **E não sobrou nenhum e outras peças** – Agatha Christie
1192. **Ansiedade** – Daniel Freeman & Jason Freeman
1193. **Garfield: pausa para o almoço** – Jim Davis
1194. **Contos do dia e da noite** – Guy de Maupassant
1195. **O melhor de Hagar 7** – Dik Browne
1196. (29). **Lou Andreas-Salomé** – Dorian Astor
1197. (30). **Pasolini** – René de Ceccatty
1198. **O caso do Hotel Bertram** – Agatha Christie
1199. **Crônicas de motel** – Sam Shepard
1200. **Pequena filosofia da paz interior** – Catherine Rambert
1201. **Os sertões** – Euclides da Cunha
1202. **Treze à mesa** – Agatha Christie
1203. **Bíblia** – John Riches
1204. **Anjos** – David Albert Jones
1205. **As tirinhas do Guri de Uruguaiana 1** – Jair Kobe
1206. **Entre aspas (vol.1)** – Fernando Eichenberg
1207. **Escrita** – Andrew Robinson
1208. **O spleen de Paris: pequenos poemas em prosa** – Charles Baudelaire
1209. **Satíricon** – Petrônio
1210. **O avarento** – Molière
1211. **Queimando na água, afogando-se na chama** – Bukowski
1212. **Miscelânea septuagenária: contos e poemas** – Bukowski
1213. **Que filosofar é aprender a morrer e outros ensaios** – Montaigne
1214. **Da amizade e outros ensaios** – Montaigne
1215. **O medo à espreita e outras histórias** – H.P. Lovecraft
1216. **A obra de arte na era de sua reprodutibilidade técnica** – Walter Benjamin
1217. **Sobre a liberdade** – John Stuart Mill
1218. **O segredo de Chimneys** – Agatha Christie
1219. **Morte na rua Hickory** – Agatha Christie
1220. **Ulisses (Mangá)** – James Joyce
1221. **Ateísmo** – Julian Baggini
1222. **Os melhores contos de Katherine Mansfield** – Katherine Mansfied
1223. (31). **Martin Luther King** – Alain Foix
1224. **Millôr Definitivo: uma antologia de *A Bíblia do Caos*** – Millôr Fernandes
1225. **O Clube das Terças-Feiras e outras histórias** – Agatha Christie
1226. **Por que sou tão sábio** – Nietzsche
1227. **Sobre a mentira** – Platão
1228. **Sobre a leitura *seguido do* Depoimento de Céleste Albaret** – Proust
1229. **O homem do terno marrom** – Agatha Christie
1230. (32). **Jimi Hendrix** – Franck Médioni
1231. **Amor e amizade e outras histórias** – Jane Austen
1232. **Lady Susan, Os Watson e Sanditon** – Jane Austen
1233. **Uma breve história da ciência** – William Bynum
1234. **Macunaíma: o herói sem nenhum caráter** – Mário de Andrade
1235. **A máquina do tempo** – H.G. Wells
1236. **O homem invisível** – H.G. Wells
1237. **Os 36 estratagemas: manual secreto da arte da guerra** – Anônimo
1238. **A mina de ouro e outras histórias** – Agatha Christie
1239. **Pic** – Jack Kerouac
1240. **O habitante da escuridão e outros contos** – H.P. Lovecraft
1241. **O chamado de Cthulhu e outros contos** – H.P. Lovecraft
1242. **O melhor de Meu reino por um cavalo!** – Edição de Ivan Pinheiro Machado
1243. **A guerra dos mundos** – H.G. Wells
1244. **O caso da criada perfeita e outras histórias** – Agatha Christie
1245. **Morte por afogamento e outras histórias** – Agatha Christie
1246. **Assassinato no Comitê Central** – Manuel Vázquez Montalbán
1247. **O papai é pop** – Marcos Piangers
1248. **O papai é pop 2** – Marcos Piangers
1249. **A mamãe é rock** – Ana Cardoso
1250. **Paris boêmia** – Dan Franck
1251. **Paris libertária** – Dan Franck
1252. **Paris ocupada** – Dan Franck
1253. **Uma anedota infame** – Dostoiévski
1254. **O último dia de um condenado** – Victor Hugo
1255. **Nem só de caviar vive o homem** – J.M. Simmel
1256. **Amanhã é outro dia** – J.M. Simmel
1257. **Mulherzinhas** – Louisa May Alcott
1258. **Reforma Protestante** – Peter Marshall
1259. **História econômica global** – Robert C. Allen
1260. (33). **Che Guevara** – Alain Foix
1261. **Câncer** – Nicholas James

IMPRESSO NA GRÁFICA COAN
TUBARÃO – SC – BRASIL
2017